Cocktail Kiss Label

嘘の欠片

栗城　偲
Shinobu Kuriki

JN250133

この物語はフィクションであり、実在の人物・団体・事件等とは、いっさい関係ありません。

Contents

イラスト・一夜人見

嘘の欠片

親友とキスをしている夢を見る。

それはいつも、くすぐったいくらい柔らかな、触れるだけのものだ。おそらくキスをした経験自体がないから、触れ合う以上の想像ができないのかもしれない。

嬉しくて幸せで――同時にとても悲しい。

峯井佳哉《みねいよしや》には、それが瞬時に夢だと判じられるからだ。

こんなものを見る原因だって、わかっている。他でもない峯井自身が、親友に対して恋愛感情を抱いているせいだろう。

昨晩彼の部屋に泊まり、二人で遅くまで受験勉強に勤《いそ》しんでいた。隣で眠る彼の吐息を意識しながら、眠りに落ちた。

夢の中で「だからこれは夢だ」と冷静に判断を下しながら、初めてこの夢を見たのはいつだったかと考える。

――中二くらいだっけ。

親友の呉村清隆《くれむらきよたか》は、中学校に入学して初めて言葉を交わした相手だった。高校三年生現在は身長一八〇センチ近い長身で、中学一年生の頃からバスケットボール部のレギュラーをつとめるほどの運動神経の良さ、そしてその顔は十人が見たら十人とも、「男らしくてかっこいい」という容姿の持ち主だ。

かたや峯井は、呉村の肩のあたりまでしかない身長に、細すぎる体、男か女かわからないような顔で、平均的な男子より色々な面でやや劣ると己を現実的に評価している。

人気者の呉村が自分と仲良くしてくれるのが嬉しくて、峯井はすぐに彼のことを好きになった。当初は、恋愛という意味ではなかったが。

——だから、びっくりした。

呉村とは友達になった頃から今に至るまで、互いの家によく泊まりに行く仲だ。

中学二年生のとき、彼の横で眠りに落ちた日、初めてキスをする夢を見た。

朝起きて、いつもと変わらない様子の呉村に対して、ひどく罪悪感を抱いたのを覚えている。それは絶望感にも似ていた。——眠りに落ちる前に、彼から「初めて彼女ができた」と報告された日だったからだ。

呉村を無意識に恋愛対象として見ていたことも、よかったじゃんと初彼女を祝ったくせに心にもないことを言ったかもしれないことにも、自己嫌悪した。

今まで峯井は、女の子のことも男の子のことも好きになったことはない。自分の性的指向について悩んだことも、考えたことすらなかった。けれど腑《ふ》に落ちた。

親友に、好きな人に、自分はずっと嘘を吐《つ》いている。

「――……」

ふと目を覚ますと、隣の布団で呉村が携帯電話をいじっているのが目に入った。峯井より先に起きていたらしい。

ぼんやりと眺めていると、彼はこちらの視線に気づいて顔を向けた。呉村が目を細める。

「おはよ。起きた？」

「ん……」

おはよう、と返したいのに、口がもにゃもにゃと動くばかりで言葉にならない。どうにか声を発しようとする峯井に、呉村が小さく噴き出す。

「普段ははきはき喋《しゃべ》るくせに、毎度寝起き悪いなー。ほら、起きた起きた」

「うー……」

もそもそと上体を起こし、顔を覆う。その格好のまま動かないでいると、寝直すなー、と小突かれた。

「……いつも寝起きが悪いわけじゃないよ、夢見が悪くて」

「へえ、どんな夢？」

何気なく訊《たず》ねられたであろうその言葉に、ぎくりと体が強張《こわば》る。

「……英語のテストひたすら解く夢見た。解くけど解けなくて、めちゃくちゃ焦るっていうか」

「あー、昨日、寝る直前まで英語やってたからじゃね。ほんっと苦手だなー、峯井」

「ていうかさ、英語っていらなくね？　使わなくね？　いつ使うの？　これさえなければ俺割とどんな学校でも行けるのに」

「しょうがねえだろ、入試ってどんな学部でも大体英語必須だし」

峯井も呉村も、子供の頃から看護師を目指している。そのことも、二人が仲良くなった理由のひとつだった。

看護大学や看護学校の受験科目は、国語と英語が必須で、数学、化学、生物から一科目選択、というところが多い。峯井は国語と生物なら常に九〇点数以上を取っているのだが、英語は真面目に勉強していても赤点を取るほどの苦手科目だ。

そのせいか、三年に進級してからの「泊まり勉強会」はいつも峯井に合わせて英語を中心に問題集を解いている。

「科目が英語じゃなくて数学とかだったらなー」

「そんなん言ってもしょうがない。ほら、起きろー」

既に布団を畳んだ呉村が、峯井の膝にかかっていた布団を剝《は》ぎ取る。峯井はどっこいしょと立ち上がり、同様に寝床を片付けた。

欠伸《あくび》を噛《か》み殺しながらリビングへ行き、呉村が冷蔵庫を開け、卵を一パック取り出した。

「オムレツがいい。作って峯井」

「はいはい。じゃあ牛乳とバター出して」

「了解。じゃあ俺、おにぎり作る」

牛乳とバターを冷蔵庫から取って峯井に渡し、呉村は昨晩のうちにしかけた炊飯器を開ける。

五合炊きの炊飯器には、上のほうまで炊きたての米がみっしりと詰まっていた。

呉村は慣れた手付きで、米を握っていく。子供の頃から朝食のおにぎり作りは彼が自ら率先して始めた家事の手伝いだと聞いていた。

「今日の中身なに？」

「梅と鮭《しゃけ》フレーク」

彼の両親は揃《そろ》って看護師で、深夜勤もこなしていた。おにぎりにしておけば、日勤であれば朝、夜勤であれば帰ってきてすぐに食べることができる。この「朝おにぎり」は両親の家事負担を減らすことだけではなく、バラバラの時間帯に過ごしていても家族が同じものを食べている、ということに繋《つな》がっているのだ。

「ん？　なに、峯井」

おにぎりを握る所作を眺めていたら、呉村が首を傾《かし》げる。卵をかき混ぜながら、峯井は口元を緩めた。

「いや、呉村っていいやつだなあって思って」

「なんだよ急に」

オムレツを四人分作って、昨晩の残りのスープも添えれば朝食の完成だ。テーブルの上の大皿には、おにぎりが沢山並んでいた。そのうち帰ってくるであろう彼の両親の分は、ラップをしてよけておく。

いただきます、と手を合わせたのとほぼ同時に、家のドアが開く音がした。それから間もなく、呉村の父がリビングに顔を出す。

「清隆、佳哉、おはよう」

呉村の父は、息子とそっくりの顔で、同様に長身だ。きっと、大人になったら呉村もこうなるのだろうな、と容易に想像がつくほどだ。

「おはよう、おじさん。ごはん食う？」

「食う。先にシャワー浴びてくるわ」

呉村の父はやれやれと言いながら荷物を下ろし、風呂場へと向かっていった。ものの五分程度で戻ってくると、キッチンに置いていたラップをしたばかりの皿を持って、食卓につく。

「お。まだあったかいな、これ。いただきます」

オムレツをひとくち食べて、「うまい！」と褒めてくれる。そして息子の作ったおにぎりを食《は》んで、「いつもどおりうまい！」とまた褒めた。

「佳哉が泊まりにくるとこれが楽しみなんだよなぁ」

「呉村家好みに作ってるもん」

泊まりのときは大概二人で食事を作る。おかず作りは峯井の担当だ。それだけ泊まりに来ているということでもあるのだが、呉村の両親や呉村の希望を聞いていったら、オムレツは牛乳、塩、粉チーズで味付けし、バターとサラダ油を半量ずつ使って作る、というレシピに落ち着いた。

呉村家のひとたちは褒め上手で、「レシピ通りに作っても佳哉の作ったものが一番美味《おい》しい」と言ってくれる。煽《おだ》てられているだけのような気もするが、やっぱり悪い気はしない。

「佳哉の味に慣らされてるから、清隆の彼女は気が重いよな」

にこにこしながらオムレツを食べ、呉村父がしみじみとそんなことを言う。

突然そんな話を振られて、呉村が「なにが」と眉を顰《ひそ》めた。

「親友の佳哉がこんなに料理上手ってちょっとプレッシャーじゃないか。彼女として親友に負けられないだろ。比べられそうだし」

「別に。今彼女なんていないし」

さらっと答えた呉村に、峯井のほうが「えっ」と声を上げてしまった。そして遅れて呉村の父も「えっ」と驚く。

「後輩の、マネージャーの子は？」

「別れた」

「いつ!?　俺それ知らない！」

「いつって、新人戦のあと」

「じゃあ三ヶ月も前じゃん！　ていうか回転速くない!?」

報告するほどのことでもないかと思って、と言う呉村に、微妙な気持ちになる。付き合い始めたときも峯井は報告を受けたりはしなかった。クラスの女子に「呉村が後輩マネと付き合ってるってほんと!?」と訊《き》かれて知ったくらいだったのだ。

息を吐き、峯井は呉村父を見る。

「おじさん聞いた、今の？　水臭いと思わない？」

「ほんとだな……。マネージャーってあの子だろ？　前にうちに来たとき、看護師になりたいって言ってた」

「そうなんだ？」

それは初耳だ。呉村は峯井だけでなく、他の友人たちといるときも基本的に彼女の話はしない。そして、彼女ばかり優先するということもなかった。彼女を作るサイクルが早くても友人たちから必要以上に妬まれずにいるのは、そういうところもあるだろう。

互いに親友だと思っているし、なにかといえば真っ先に相談するのに、呉村は恋愛関係だけはあまり話してくれない。

——それは、俺だってそうだけど。

自分が言えた義理ではないが、やっぱり少し寂しく思う。

「看護師になりたいって子なら、呉村と話が合ったんじゃないの」

「進路が一緒なだけでそうはならねえよ。看護師志望の女子、うちの学校だけで何人いると思ってんだよ」

ほんの少し不満そうに言われて、それもそうかと頷《うなず》く。

「でもさ、俺と呉村が仲良くなったのだって、きっかけは『男で看護師志望』って共通点があったからじゃん」

峯井が看護師になろうと思ったのは、小学生のときだった。

学校帰りに車に轢《ひ》かれて、右足を骨折したのだ。入院先で世話をしてくれたのは、両親と同じ年の頃の男性看護師で、とてもびっくりした覚えがある。

看護師さんといえば女性、というイメージが峯井の中にはあって、「男の人でも看護師になれるんだ」と驚いた。正直なところ、最初は異性装の男性を見たような、そんな気分だったのだ。

けれど、日々男性看護師と接しているうちにすぐにその考えは撤回された。そんなふうに考えたことを、深く反省した。そして、看護師たちに世話になったことで、「自分も将来看護師になりたい！」と思ったのだ。

「佳哉の看護師志望の理由って俺なんだろ？　まさか清隆と友達になるなんて、俺は運命を感じたね」

うんうん、と腕を組んで得意満面な父を、隣に座る呉村がじとっと睨《にら》みつける。

峯井が入院時に世話になったその男性看護師というのは、呉村の実父だったのだ。

親友と呼べる仲になり、遊びに行った呉村の家であの男性看護師が彼の父親と知り、二人揃って驚いたことが懐かしい。

「俺の功績で若い男性看護師が二人確保できたかと思うと感慨深いものがあるな」

「偉そうに。早く寝ろよ父さん」

「はいはい、ごちそうさま」

手を合わせて、呉村の父は食器を下げる。そして「おやすみ」と言って自室へ戻っていった。

一瞬沈黙が落ち、それから峯井は呉村に質問を投げた。

「……別れちゃったの？　ほんとに」

「うん」

「なんで？」

「なんでって……もう受験で忙しくなるし」

それは別れなければならない理由になるのだろうか。

今まで一度も恋人がいたことない峯井にはピンとこなかった。

――好きな人がいたら、勉強してるときとか頑張ろうって思えるんじゃないのかな。

なにより峯井自身がそうだからだ。呉村と一緒に勉強するとやる気が出るし、同じ方向を向いていると思えば頑張ろうと奮起できる。

「それに、なんだかんだで気づいたんだけど、男同士のほうが気が楽」

女の子――彼女がいると煩わしいのだというその科白《せりふ》に、峯井の胸中は複雑にざわめく。

「そ、っか」

男同士、というのは別に峯井だけのことをさしているわけではない。それでも自分は男だから傍《そば》にいられるのだと嬉しい一方で、彼女にはなれないと突きつけられる。半面、彼女が煩わしいのだという言葉に安堵《あんど》する。そこに仄暗《ほのぐら》い喜びが湧き上がった。そんな自分が嫌になる。

峯井は無理やり笑顔を作った。

「贅沢《ぜいたく》なやつめ。俺は彼女ほしいよ、一緒に手に手を取って励まし合ってさ～」

「きも」

へっ、と鼻で笑った呉村に「なんだとー！」と言い返す。

峯井の本心はばれていない。そう確信して胸を撫で下ろした。


インターハイ予選が終わって部活を引退すれば、本格的な受験シーズンがやってくる。予備校のない日は図書室へ寄り、皆で参考書や問題集に没頭していた。

今日も複数人で図書室へ向かい、無言でペンを走らせていると、司書教論が「おーい」と声をかけてきた。

「もう戸締まりの時間だよ。帰りな」

時刻を見たら、午後五時半になるところだったので、それぞれ荷物を鞄《かばん》にしまって引き上げる準備に入る。

「呉村、今日おじさんかおばさんは？」

「二人とも夜勤」

峯井と呉村の「お泊まり勉強会」は相変わらず続いていて、時折別の友人が交じることもあったが、基本的には二人きりで行うことが多かった。

友人の一人が「なになに？」と声をかけてくる。

「へー、泊まりで勉強会か。いいな」

「やめとけやめとけ。『お泊まり勉強会』とか可愛らしく呼んでるけど、こいつらのそれって『勉強合宿』って感じだから」

テレビやゲームなどはせず、食事と風呂のとき以外は黙々と勉強し続けるんだと言ったら、友人たちは嫌そうな顔をした。

以前複数人で開催したときはまだ本格的な受験シーズンではなかったこともあって、参加者はあっという間に減ったのだ。

「えー、修学旅行みたいで楽しそうとか思ったのに」

「生真面目二人組だからしょうがねえけどさー」

「でも追い込みの時期とかにはよさそう」

「別に面子《メンツ》が増えるのは構わないから今日来るか？」

一人や二人増えたところで、呉村の両親はなにも言わないだろうし、二人とも今日は仕事でいないので遅くまで会話をしていても睡眠妨害になるということもない。

だが呉村の誘いに友人たちは「今回は遠慮する」と辞退した。

いつもどおり二人開催というところが決まったところで、全員でぞろぞろと昇降口へと向かう。靴を履き替えている途中で、傍らの呉村が「あっ」と声を上げた。

「しまった、俺図書室にケース忘れてきた！」

呉村はＡ４サイズのプラスチックの書類ケースに、学校の教科書ではない、参考書や問題集を入れて持ち運んでいる。それをまるごと置いてきてしまったようだ。

「明日でよくね？」

「無理、俺あれに家の鍵入れてたんだよ。取ってくる！」

一度履き替えた靴を履き直し、呉村が慌てて校舎の中へ戻っていく。仲間内の誰かが「早く戻ってこないと置いてくぞ～」と揶揄《からか》う声を投げた。

「――先輩」

げらげらと笑う声の中に、高い声が割って入ってくる。全員で振り返ると、バスケットボール部のマネージャー――呉村の元彼女が立っていた。

一応友人間でそのことは把握しているので、全員に一瞬変な雰囲気が流れる。

「……呉村、今ちょっといないけど。どうかした？」

「あ、違うんです。呉村先輩じゃなくて、峯井先輩にお話があって」

「俺？」

意外な指名に、思わず声を上げる。呉村の彼女として二言三言会話をしたことがあるくらいだがその程度のもので、一体自分になんの用事があるのか見当もつかない。

峯井の否応《いやおう》も聞かず、周囲が「どうぞどうぞ」と勝手に差し出す。背中を押されて、峯井は彼女の方向へ押し出された。

「ええと……。じゃあ、ちょっとあっちのほう行こうか」

昇降口を抜けて、校門横の職員駐車場のほうに移動する。まだ練習中の吹奏楽部の楽器の音や、テニス部や野球部、サッカー部の掛け声が校舎の向こう側から届いているが、駐車場側はひとけがまったくない。

「で、話ってなに？」

「あの……好きです、付き合ってください！」

勢いよく頭を下げられて、峯井ははっきりと困惑した。

「え……俺？　なんで？」

これはなにかの罰ゲームとか、そういうことなのだろうか。思わず周囲を確認してしまう。

「私、前から峯井先輩のことといいなって思ってて」

「……でも俺たち、そんなに喋ったことないよね？」

「人を好きになるのに理由がいりますか？」

いるだろうそれは、と峯井は頭を掻《か》く。自分だったら、接点のない相手は好きにならないし、例えばクラスメイトだったとしても二、三言話した程度ではやっぱり好きになれないと思う。

素直にそう伝えたら、「でも私は好きになっちゃったんだからしょうがないじゃないですか！」と強めに反論された。

「お試しでもいいです、よく知らないと付き合えないなら、逆にそれってお互いに知っていけばいいってことですよね？」

ぐいぐいと迫られて、峯井はたまらず後退《あとずさ》る。

「ちょっと待ってよ。それに君、呉村と付き合ってたよね？」

「今は付き合ってないです！」

「いや、そうじゃなくてさ。俺は友達の元彼女とは付き合えないよ」

呉村の元彼女だからということではなく、他の友人の元恋人であっても付き合う気にはなれない。

「だからごめ……、えっ？」

言い終わらないうちに、彼女はぼろぼろと涙を零《こぼ》して泣き始めた。

ほぼ面識のない女子に告白され、断って泣かれ、峯井もどうしたらいいのかわからずおろおろしてしまう。取り敢《あ》えず鞄に入れていたタオルハンカチを取り出して渡したらその手を掴《つか》まれ、息を呑《の》む。ハンカチがひらりと地面に落ちた。

「……どうしても無理なら、最後にキスしてください。そしたら、諦めます」

嗚咽《おえつ》まじりにそんな交換条件を出されて、峯井は唖然《あぜん》とする。

それから、一瞬遅れて胸に湧いてきたのは「嫉妬」だった。

——拒絶されるなんて、思ってもないいんだ。

確かに、顔はとても可愛い。小柄で、華奢《きゃしゃ》で、胸も大きい。呉村が付き合っていたときに、周囲の友人たちがやけに羨ましがっていた。

きっと、今まで男に拒まれたことがないのかもしれない。そういう自信と傲慢に溢《あふ》れた彼女に、峯井ははっきりと嫉妬しているのを自覚してしまう。

——こんな子が、呉村と付き合えるんだ。

友人として、見る目がないなと、呉村に対して怒ったり呆《あき》れたりするべきなのかもしれない。けれど峯井の心は、こんな子でさえ呉村と付き合えるのに、可愛い女子だからという理由だけで彼女は求めるままにキスをしてもらったんだと、悔しい気持ちが抑えられなかった。

——ああ、でも。

この唇にキスをしたら、夢ではなく、呉村と間接的にキスをしたことになるだろうか。

そんな考えが過《よぎ》り、顔を顰《しか》めた。

――自己嫌悪で死にそう。

そんな邪《よこしま》な目的でするくらいだったら、まだ夢に見ているキスのほうが健全だ。

峯井の醜さを突きつけるように、彼女は迫ってくる。

「そうじゃないと、私、諦められないです……！」

峯井に恋をしているから、というよりは、もはや意地で叫んでいるように見えた。

君が諦められないかどうかはこちらには関係ない、ということすら頭にないようだ。

戸惑う峯井に、しびれをきらしたように彼女は不意をついて抱きついてくる。咄嗟《とっさ》に抱き支えようと伸ばした腕を取られ、無理やり唇を奪われた。

「――！」

反射的に体を押し返してしまい、彼女は尻もちをつく。きょとんと目を丸くして、「ひどい」と泣き出した。

「峯井先輩ってそういう人だったんですか。女の子泣かせて、怪我させて平気なんですか、最低」

「ごめん。でも」

「マジで最悪なんですけど！」

歯を剝《む》いて怒鳴り、彼女は峯井を押しのけるようにして体育館のほうへ走っていってしまった。呆然《ぼうぜん》とその背中を見送り、峯井は先程ぶつかるように奪われた唇を袖で拭った。

ハンカチを拾い、踵《きびす》を返す。

「つ……」

いつから見ていたのか、校舎の陰から友人たちが鈴なりになってこちらをうかがっていた。その中には呉村の姿もあり、心臓が大きく跳ねる。

自分からキスをしたわけではないけど、後ろ暗い気持ちもあって、呉村を見られない。

「おいおい、どうしたんだよさっきの」

「福田《ふくだ》ちゃんなんの用だって？」

好奇心と心配、その両方を含んだ声で、矢継ぎ早に問われる。どうやら、キスをされたところは見えていなかったようだ。

どこまでごまかそうかとは思ったけれど、峯井は平静を装ってキスをされたこと以外は本当のことを伝える。

「告白されたけど、相手のことよくわかんないし断ったら抱きつかれて、咄嗟に突き飛ばしたらもう一瞬で『最低最悪』って怒られて振られた」

「なんだそれ」

説明に、友人たちは一様に不可解そうな顔をした。

そう言われても、事実そのとおりなのでこれ以上の説明のしようがない。ちらりと呉村の表情をうかがったが、無表情のままだ。

「性格はアレだけど、なんで断ったの？　福田ちゃん可愛いのに」

「親友の元カノは無理だろ」

「あーそれもそっかぁ。確かになー」

好き勝手言う友人たちに苦笑する。肯定も否定もせずに頭を掻いていたら、呉村が特にコメントもせず「じゃあ帰ろうか」と口にした。

別に怒っているようでもないし、複雑そうな感じもなかったが、普段どおりの呉村に、会話もなんとなく別の方向に流れた。

——キスしたの、呉村にも見えてなかったよね。

元とはいえ恋人と親友がキスをしているところなんて見てしまったら、きっと面白くない。

それに、一瞬でも抱いてしまった下心も見透かされそうで怖い。

見られたかな、見られてないよね、と不安になりながら、友人たちと別れたあとは二人で呉村の家へ向かう。

いつもどおり勉強をして、いつもどおり食事をして、いつもどおり眠る。

布団に入って「おやすみ」を言い合って電気を消し、峯井は無意識に、再び唇を拭った。好きでもない相手とキスをした不快感と、間接キスができるならと打算的なことを考えた己への嫌悪感に、なかなか寝付けなかった。

何度も寝返りを打ち、早く寝なければと焦るほどに眠気はやってこない。

——今、何時だよ。

携帯電話を確認したら、午前三時を少し過ぎたところだった。

——呉村、寝てるよね。

時計の秒針の音と呉村の寝息が聞こえる。呉村は寝付きがよく、大概峯井より先に眠ってしまうのだ。

「呉村、起きてる？」

小声で問うと、答えはない。

もう一度問いかける。呼吸が乱れることもなく、規則正しい寝息が返るばかりだ。

「呉村、もう寝た？」

峯井はそっと身を起こす。

暗闇に慣れた目は、薄闇の中の呉村の寝顔をぼんやりと映した。カーテンから零れる月明かりを頼りに彼の顔を覗《のぞ》き込む。

長くて濃いまつげを眺めながら、顔を近づけた。彼の唇を見て、峯井の胸はきゅうっと締め付けられる。そして、何度目か唇を拭った。

——ファーストキス、だったのに。

夢では何度も呉村としていたが、本当のキスはあれが初めてだった。色々な意味で散々な初体験になって、目に涙が滲《にじ》む。

ごしごしと擦《こす》って、少しでも感触を消そうとした。

——どうせだったら、呉村としたかった。

妄想ではなく、こうして眠っているときだったらこっそり奪えたのでは、と峯井は身を屈《かが》めた。

——……やめよ、馬鹿らしい。

キスをするくらいまで近づき、踏みとどまる。もし彼が起きていたら、言い訳のしようがない。もし電気を消したあとすぐ寝ていたのなら、今はノンレム睡眠中のはずで、おそらく深く眠っているだろうが、それでも。

体を引きかけた瞬間、布団の中から両腕がぬっと伸びてきた。

「——！」

慌てる間もなく峯井は呉村の体の上に覆いかぶさる格好で抱き寄せられる。

――え、っちょ……!?

一瞬起きているのかと思ったが、呉村はまだ眠っている様子だった。

「……、……」

なにか喋っているように唇が動くが、不明瞭な言葉は聞き取れない。呉村の腕に力がこもる。

「ちょ、っと、呉村……っ」

苦しい、と訴えようとしたのと同時に、項《うなじ》に大きな掌《てのひら》が触れた。

呉村、と呼ぼうとした唇が塞がれる。

「……っ」

頭がついていかず、体が固まった。

呉村の左手が峯井の項を押さえ、右手は腰をしっかりと抱いている。

今日不意打ちで奪われたキスとも、夢の中の触れるだけのキスとも、全然違っていた。下唇を舐《な》められて、ひくっと喉が鳴る。

――嘘、舌が。

駄目、と開いた口の中に、舌が差し込まれた。反射的に噛みつきそうになって、慌てて口を開く。その隙をぬって、キスは更に深くなった。

おろおろするこちらのことなど知る由もないだろう呉村は、更に強く抱きしめてくる。

「んん……っ」

呉村は寝返りを打つように体勢を反転させ、峯井を組み敷いた。寝ているせいもあってか、その所作は少し乱暴で、のしかかってくる体は重い。

普段ふざけて乗っかられることはあったが、体重をかけないようにしてくれていたのだと気がつかされた。

「ん……っ？」

腰に回されていた手が、Tシャツの中に差し込まれる。脇腹の輪郭を確かめるように触れてくる掌が熱い。

ただ触られているだけなのに、息が乱れる。直接肌に触られて、体が無意識に震えた。

けれどその手が胸元に触れた瞬間、呉村が男に触ろうとしているわけではないということに唐突に気づかされる。

「――呉村！」

名前を呼んで、呉村を突き飛ばした。

大きな体が不意をつかれて仰向けに転がる。呉村はそれでようやく起きたらしい、月明かりでその表情が見えた。心底びっくりしたように目を瞬いている。

「……峯井？　……え？」

まだ夢と現実の狭間《はざま》にいるらしい呉村は、頭を掻いている。

「寝ぼけるな、ばか！」

近づいていったのは峯井のほうだったが、そう怒鳴ってごまかし、自分の布団に潜り込んだ。唇が濡《ぬ》れているのに気づいて、峯井は体を丸めて赤面する。

背中を向けてしばらく経《た》った頃、呉村が小さく「おい、マジかよ。嘘だろ……」と呟《つぶや》いた。かすれた声で発せられたその言葉に、ひっそりと傷つく。その口調は、ひどく苦々しく、嫌そうだった。

ち、という舌打ちの音に、心臓が跳ねる。

「……最悪」

囁くような忌々しげな声が鼓膜に突き刺さり、息ができない。

目を覚まして、親友を押し倒している自分に気づいたら、驚いて当然だろう。

それはそうだろうと理解はできるけれど、両目から涙が溢れて止まらない。唇にも肌にも、呉村が触れた感触がまだ残っているのが余計辛《つら》かった。

呉村はきっと今までの彼女にああやって触れていたのだろう。そう思うと、嫉妬でおかしくなりそうだった。

呉村の反応に傷つきながら、その奥には嬉しいという気持ちが燻《くすぶ》っている。喜んでいるのに惨めな気持ちに襲われて、胸の中がぐちゃぐちゃだ。

呉村のことが好きだ。嫌われたくない。キスをされて抱きしめられて、嬉しくて。でも、「嘘だろ」と呟く困惑と嫌悪にも似た声色が悲しくて、怖い。自分が彼を好いていることがばれて、嫌悪も顕《あらわ》に拒絶されたら生きていけない。

——無理。無理だ。

親友に彼女ができる度に、嫉妬して、泣いて、自己嫌悪して。これ以上一緒にいたら、頭がおかしくなりそうだ。

夜中に考えごとなんてするものではない。

いつも「辛いけど好きだから、親友としてでもいいから傍にいたい」と思っていたはずの気持ちは、今日の出来事で一気に「気持ちを隠し通すのが辛い、嫌われたくないから離れたい」という方向に振り切った。

卒業までならどうにか耐えられる。耐えてみせようと思える。けれど、それ以上は無理だ。

寝返りを打って呉村に背を向け、峯井は口元を両手で押さえて零れそうになる嗚咽を必死に堪《こら》えた。

それから、峯井と呉村の関係は表面上なにも変わらなかった。翌朝もそれ以降も、あの夜の接触について触れたことはない。

峯井は本当にさりげなく、少しずつ、距離をあけていった。

距離が離れて少し冷静になったせいか、あんなに頻繁に見ていたキスをする夢も見なくなった。

運が良かったのは、呉村が先に推薦入試を受けたことだ。これによって、呉村は「羨ましくなっちゃうから、一人で勉強に集中したい」という峯井の申し出を納得して受け入れてくれたし、峯井が進路を変更して呉村とは別の学校を受験したことがばれずに済んだ。

――それなのに。

今、目の前には卒業証書を手にしたまま、泣きそうに眉を顰めた呉村がいる。

それは、学び舎《や》を巣立つことを悲しんでいるのではないと、峯井もわかっていた。

彼がそんな表情をしているのは、峯井が、嘘を吐いていたからだ。

「……なんでだよ、峯井」

悲しげに呟かれた言葉に、拳を握りしめる。そうしなければ、泣いてしまいそうな気がしたからだ。

けれど、自分に泣く資格などない。喉が引き絞られるように痛んだが、何度も何度も唾を飲み込んで堪えた。

「俺と同じ大学受けたって言ってただろ」

実際、二年生のときまでは進路調査票にもそう書いていた。

「……はじめから、俺とは別の進路を選んでたのか？　なんで言ってくれなかったんだよ」

咎《とが》めるでもなく、ただ確かめるように紡がれた言葉に、反応を返すこともできない。

「またお前と同じ学校に行けると思ってたのに、喜んでた俺が馬鹿みたいじゃねえか」

既に自由登校になっていたから、直接会うことは滅多になくなっていて、ずっとごまかし続けていた。

呉村の少し厚めの唇が、堪えるように引き結ばれる。

「おかしいと思ったんだ。家からでも通えるのに、わざわざ一人暮らしするなんて」

当初志望していた呉村と同じ大学は、電車で無理なく通えるところにある。けれど、実際に合格通知を受け取ったのは、隣県にある病院付属の看護専門学校だ。

——口止めすればよかった。

卒業式を笑顔で別れて、呉村に気づかれないまま別の違う進路を歩もうとしたのに、そううまくはいかなかった。

「黙っていくつもりだったのかよ、峯井」

中学の頃からの友人で、互いの家に何度も泊まりに行き来するほどの仲だったが、親同士が深く接触することは今まであまりなかった。だから油断していた。

卒業式で母親同士が立ち話をし、微妙に噛み合わない会話から、ことが露見してしまったのだ。

「峯井」

名を呼ばれて、胸が疼《うず》く。

「なんで黙ってんだよ。答えろよ、峯井……っ」

自分のせいで彼を悲しませていることが辛い。ひどいことをしているのは自分なのに、そんなふうに思うのはおかしい。辛いなんて言う権利は、自分にはないはずだ。

わかっているのに、痛みが体の中からじわりと広がっていき、飲み込まれてしまいそうだった。感傷的だと自嘲することで、なんとか持ちこたえる。

「——そうだよ」

自分の嘘がばれるから。自分の嘘で、呉村が傷つくのを見たくなかったから。そのことで自分が傷つくのが怖かったからだ。

「黙っていくつもりだった。だって……どうせだったら、最後は嫌な思いをしないで別れたほうがいいと思ったし」

それだけは本当のことだ。笑顔で別れたほうが、記憶に残らないと思った。

「……俺は、お前と一緒の学校になんて、もう行きたくなかった」

「――」

峯井がようやく口にした言葉に、呉村が一歩足を踏み出す。反射的に身を引くと呉村は、今度ははっきりと傷ついた表情を作った。

けれど、ある程度予想していた答えだったのか、彼はことさら大袈裟《おおげさ》には驚かなかった。

どうして、と呉村は訊かない。

ただ、諦めるように、握っていた拳を解いた。

「そっか」

呉村は力なく笑い、頭を掻く。

「――わかった」

望んでいたはずの答えを受け取った。傷つくなんてお門違いだと、わかっている。それなのに、泣きそうになる。

だって、と言い訳しそうになるの堪えるために、峯井は唇を噛んだ。

――だって、騙《だま》されるより、嘘を吐かれるより、喧嘩《けんか》するより……好きだって言われたほうが、困るだろ？

あの夜、寝ぼけて男にキスをしてしまった呉村の、吐き捨てるような忌々しげな声が忘れられない。

進路を黙っていたくらいでこれほど責められるのだ。だったら、友達だと思っていた峯井が本当はずっと恋愛感情を向けていたなんてわかったら、もっと怒るのではないのだろうか。

軽蔑され、またあのときのように「冗談だろ」なんて言われたら、立ち直れる気がしない。

ならば嘘を吐いてでもごまかしたほうが、自分にとってはまだマシだ。

「ひとつ、訊いていいか」

低い問いに、首を傾げる。

「なに？」

一度は解かれた掌が、拳を作る。逡巡《しゅんじゅん》するように、呉村の唇が開いた。

「俺のこと……」

言いさして、呉村は俯《うつむ》き加減だった顔を上げてまっすぐ峯井を見据えた。

「嫌い、だったか？」

「——」

今までの己の言動を思えば、そんな誤解をされても当然だろう。

馬鹿みたいだ、と思う。全部自業自得なのに、嫌いになったのかと問われて傷つく自分は本当に馬鹿以外のなにものでもなくて、その愚かさに笑ってしまいそうだ。

一方で、自分の気持ちが知られているわけではないのだとわかり、寂しいよりもほっとした。

「嫌いじゃないよ。……嫌いなはず、ないだろ」

にこっと笑いかけたら、呉村は一瞬虚を衝《つ》かれたような顔をし、それから唇を引き結んだ。睨まれて、峯井の胸に激しい痛みが走る。

その痛みは、呉村が誰かと恋人になる度に、自分の気持ちを思い知る度に、自己嫌悪と嫉妬で潰れてしまいそうだったときのものと匹敵するかもしれない。

——いっそ嫌いになれたら、楽だったのかな。

そんなことできるはずもない。

だから、峯井は呉村から逃げるのだ。

どちらも口を開かず、ただ向かい合って見つめ合う。最初に身じろぎしたのは、呉村のほうだった。

「……っ」

呉村は形容しがたい表情を浮かべ、無言のままこちらに背を向けた。いつもぴんと伸ばされていた背筋が、今日は丸まっている気がする。

後ろ姿が見えなくなるまで見送って、峯井は震える息を吐いた。

「……嫌いじゃないよ」

もういない呉村に、同じ言葉を繰り返す。

その言葉は本当だけど、嘘だ。

嫌いじゃない、ではない。好きだ。友達としてではなく、恋愛感情を抱いていた。時折キスをされる夢を見るほどに、お前に彼女ができる度に嫉妬するほどに、お前のことが好きだったと、峯井は言えない。誰も幸せにならないからだ。だから、こんな気持ちは死んだほうがいい。

謝恩会には出ずに一人で自宅に戻る。来週には引っ越しなのに、まだ荷物は片付いていなかった。

鞄を放り投げ、ダンボールに必要なものを詰める作業を始める。

溢れ出しそうになる気持ちを押し込めるように、ぎゅうぎゅうと詰めこんだ。

「あ……」

黙々と作業をしていたら、不意に視界が滲み、手を止める。制服の袖で拭い、作業を再開したら、また目の前の像が歪《ゆが》んだ。

何度も目元を拭う。けれど追いつかないくらいに、峯井の両目からは大粒の涙が溢れていた。

「……うー……」

ダンボールを抱え、奥歯を噛みしめる。堪えた嗚咽が、とぎれとぎれに零れだした。

「う、……っく」

ひとつひとつは小さな嘘でも、積み重なれば大きな嘘になる。最初はほんの一欠片《ひとかけら》だった嘘は、己の心とともに肥大していった。

嘘を吐いた峯井を睨むあの双眸《そうぼう》が思い出される。

嫌いなのかと問うたときのあの傷ついた瞳に、峯井は泣きながら頭を振った。

「嫌いじゃない。……呉村は友達なんだから。親友、なんだから」

呉村への言い訳なのか、自分を律するためなのか、判然としないまま口にする。

嫌いじゃない。だけど恋なんてしていない。恋なんてしていないから、だから——そんな目で見ないでほしい。


「——っ……」

胸を圧迫されるような苦しさとともに、峯井は目を覚ました。視界に映るのはまだ見慣れぬ、新居の真っ白な天井だ。朝焼けに染まるそれを見上げながら細い溜息《ためいき》を吐き、ゆっくりと目を瞑《つむ》る。

——なんで、今更十年以上も前の夢なんか……。

心臓がいやなふうに騒ぎ、汗もびっしょりかいている。もう一度息を吐いてから、枕元の携帯電話を手に取った。時刻は午前七時になろうとしている。寝直すほどの時間ではないので、そのまま身を起こした。

日々の忙しさに紛れて、もう薄れたと思っていたのに。

室内に目を向けると、まだ未開封のダンボールが部屋の隅に積まれている。

ああ、このせいか、と合点がいった。十年ぶりの引っ越しで、昔の記憶が呼び覚まされたのかもしれない。ダンボールを抱えていつまでも泣いていた、十代の頃の思い出が。

軽く頭を振り、ベッドを下りる。

鏡の前に立ち、約三十年見慣れた己の顔ににこっと笑いかけた。マスクで口元は隠れるけれど、意外と声に表情は出るもので、少し気を抜くと愛想がないと指摘されてしまうのだ。いつものように指で頰の肉を押し上げて、満面の笑みを形作る。

朝食を済ませて身支度をし、峯井は自宅を出た。勤務先である総合病院は、新居のマンションから徒歩五分程度の場所にある。

救急外来の横の職員玄関を通って地下にある更衣室へ向かった。

男性職員の更衣室は、看護師と検査技師とで共用だ。着替えを済ませて更衣室を出ると、すぐに声をかけられた。

「おっはよう、峯井主任」

振り返ると、そこに立っていたのは男性外科医の鳥谷野《とやの》だった。

「えっ？　おはようございます、鳥谷野先生」

うぇーい、と言いながら片手を上げた彼に、いつものように自分の掌をぱちんと合わせる。

鳥谷野はもう四十になっているはずだが、二十代といっても通用するほどの若々しい美貌の持ち主である。

数年ほど前に同じ病院に勤務する形成外科医と離婚し、現在は独り身だ。本人は「僕はオジサンだから～」と言っているが、院内外で非常にもてているらしい。医師としての腕も評判で人当たりもいい彼は、色々な意味で人気者だ。

「どうしたんですか、こんなところで」

医局は病院の最上階にあるので、朝から医師と地下でかち合うのは珍しい。問うた峯井に、鳥谷野は小さく欠伸をしながら笑った。

「当直だったんだよ。帰ろうかなと思ったらちょうど峯井くんが下りてくのが見えたんで、声かけてこうかなって」

「なるほど……？」

「峯井くん、男子寮から引っ越したんでしょ？　病院に来ればいつでも会えた峯井くんと会う機会が減っちゃうなーって思ったら寂しくてさぁ」

「寂しいもなにも職場で会うじゃないですか」

峯井も外科病棟勤務なので、シフトさえ合えばいつでも顔を合わせられる。鳥谷野は「そうなんだけどさぁ」と言いながらもう一度欠伸をした。

鳥谷野は入職当初からやけに峯井に目をかけてくれていて、今も個人的に食事や飲みにも連れて行ってくれるほどだ。オペナースになってよー、とまだ新人の頃はよく言われていたが、役付きになったからか最近はあまりお誘いがない。

「どう？　引っ越しの荷物片付け終わった？」

「いやー……、有給をいただいた手前言いにくいんですけど、あんまり？　前の部屋の片付けとかでバタバタしてて全然……十年ぶりの引っ越しなもので、前日までの梱包でぐったりしちゃったんですよね」

山と積まれたダンボールを前に、片付けようという気分が萎えてしまった。そのせいか、夢見が悪くて踏んだり蹴ったりだ。

「でも峯井くんが一声かけたらみんな手伝ってくれるんじゃない？」

「えー……嫌ですよ、そんなところで主任権限みたいなの使うの」

パワハラじゃないですか、と言ったら、鳥谷野は一瞬目を丸くし、それから声を上げて笑った。

「そういう意味じゃないよ。外科のアイドル・峯井主任のお引っ越しを手伝いたい子は結構いるでしょって話」

「やめてくださいよ、僕もう三十過ぎですよ？」

新人の頃は黒一点《こくいってん》ということもあり揶揄《やゆ》でよく「アイドル」などと言われたが、いくらなんでもきつい。

「あーでも女の子ばっかりが押しかけたら彼女がいい気しないかぁ」

「彼女なんていませんし、押しかけても来ません。第一、全然モテてませんから」

面倒見のいい同僚が多いので手伝ってくれるかもしれないが、それは恋愛的な感情が介在しているわけではないはずだ。

峯井の返しに、鳥谷野は「おやまぁ」と言った。

「それは寂しいねえ。まだ初恋の子を引きずってるわけだ」

峯井はぴたりと足を止め、鳥谷野を睨む。

「職場でそういう話やめてください」

「ごめんごめん、睨まないでよ。おじさん傷ついちゃう」

へらへらと笑いながら謝ってみせる鳥谷野に、嘆息する。

――くそ、これ一生言われるんだろうな。

酒癖が悪いつもりはないのだが、数年前の二人きりの飲み会で酔っ払った際に、「初恋の子が忘れられない」と峯井は泣いたのだそうだ。記憶にはまったく残っていない。とにかく「他に好きな人なんてできる気がしない」とか「あいつに顔向けできない」とか「友達以上に好きだった」というようなことをとりとめなく吐露したらしい。

呉村の名前や相手が男だという情報を口にしたか覚えておらず真っ青になったが、その後鳥谷野は「彼女できた？」という訊き方をしてくるので、おそらくそのあたりはぼかして話したのだろう。

それ以降、己の酒量はわきまえるようにしているのだが、今でもこうして思い出したように揶揄われる。

「今度また一緒に飲みに行こうか。来週の休み前とかどう？」

「割り勘ならいいですよ」

高級な店で奢《おご》られると飲んだ気がしない。割り勘ならその辺の居酒屋になるのでそう告げれば、鳥谷野はにこにこと笑って「いつも思ってるんだけど、峯井くんは変わってるなー」と暴言を吐いた。

「なんですか突然」

「だって普通逆でしょ。医者との飲み会なら医者が払うの当たり前～ってのが普通でしょ」

「いや、厚意は受けますけども、二人飲みで奢られっぱなしは僕もいい歳なんでちょっと」

少し多めに払ってもらうという程度ならともかく、奢られるばかりでは却《かえ》って気を遣う。

正直にそんな言葉を口にしつつ、ナースステーションへと足を向ける。

「でも一人で引っ越しって慣れていても大変なんだよね」

離婚を機に「一人で引っ越し」をした鳥谷野がしみじみと呟いた。

「独身寮も、独身のうちはいつまでもいさせてくれればいいのに」

「ですね。規則だからと言われたらしょうがないんですけど」

看護学校時代の友人の勤務する病院には男子寮がないと聞いていたし、男子寮が存在するだけありがたいのだが、女子寮とは待遇にちょっとした差がある。

女子寮は満四十歳まで入居可能なのに対し、男子寮は勤続十年目までしかいられない。今年三十二歳になる峯井はその制限にかかってしまい、退寮しなければならなかったのだ。家賃補助は出るものの、可能であればまだとどまっていたかったのが本音だ。

「色々不便さもありましたし、女子寮と待遇がだいぶ違いましたけど、やっぱり便利は便利でしたね」

アパートやマンション一棟を借り上げる女子寮は、家具家電付きで電子錠やオートロック付き物件が用意されている。一方の男子寮は病院の最上階にあり、厳重に区切られてはいるものの、医局や病棟と同じフロアにあった。十年ほど前にリフォームはしたというが、平成初期に建てられたこの病院同様あちこち古い。

それでも、寝坊して始業五分前に起きても間に合うし、病院の食堂も利用できるので疲れて自炊もしたくないときは安く済ませられるし、病院自体が繁華街や駅に近い立地なので遊びに行くのにも便利だ。

「新しいマンションは病院から徒歩五分くらいのところなんですけど、それでもやっぱり少し遠いって思いますね」

「あー、わかるわかる」

鳥谷野は峯井の顔をじいっと見て、それから自分の頬に手を当てて首を傾げた。

「それにしても、峯井主任がこの病院に来てもう十年も経っちゃったのかぁ」

「ですよー、だから強制引っ越しですもん」

「新人さんで綺麗な顔した男の子が外科の病棟に来るっていうんで、ちょっとざわついてたんだよ。懐かしい」

「それは美醜の問題ではなくて、男性看護師の存在が当時はそれなりに珍しかったからでしょう」

整形外科や心療内科には複数人在籍しているものの、今でさえ、男性看護師が一人もいないという科もある。

看護学校時代も男子学生の数は女子の十分の一程度だったし、この病院の同期でも男は峯井だけだった。

「外科なんて、まだ僕一人ですよ。もう少し入れてくれてもいいのに！」

「あー、何人かいたけど転科したりとかしちゃったからねー」

今年度の新人に期待していたが、今年も男性看護師は外科にはやってこなかった。

「そうそう、新人さんといえばね。ちょうど峯井くんが休んでるときに整形に一人入ったよ、男性看護師」

「ええー!?　整形外科ばかりが何故モテる……!!」

単に偶然なのだろうが、整形外科はその特性上男性看護師の在籍数が比較的多い。一人くらいまわしてくれてもいいのに、と峯井は唇を尖《とが》らせる。

「しかも四大出なんだって」

四大、という言葉に一瞬胸がざわついたが、すぐに笑顔を作る。

「へー。それは珍しいですね」

男性看護師ということもだが、最終学歴が四年制大学というのも珍しい。

——新人さんてことは、そのうち飲み会があるな。

数少ないこともあり、男性看護師同士で定期的に飲み会を開催している。いずれ顔を合わせることになるだろう。

「でもなんで鳥谷野先生が整形の新人さんが来たこと知ってるんですか？」

「昨日、詰め所に寄ったら、そのタイミングでたまたま挨拶に来てたんだよね。来てたっていうか、外科の師長と一緒に歩いててね、ちょうどうちの前に通りかかったから、ついでにって感じで挨拶してってたのね。おっきい子だったよ～」

僕と同じくらいかな、と言いながら、鳥谷野が当該人物の背丈と思われる高さに手を翳《かざ》す。身長が一七〇センチちょうどしかない峯井より、十センチ以上高そうだ。

「子ってことは、若いんですか？」

「峯井主任と同い年くらいじゃなかったかな？　今年三十二とか」

「ああ、じゃあ同い年ですね。全然若くないじゃないですか」

「十分若いよ。しかもイケメンだった。整形外科のアイドルは彼になるのかなぁ」

アイドルという言葉が気に入っているのか、何故か楽しげに鳥谷野が言う。

外科と整形外科は病棟が隣り合っているが、接点はさほどない。

件《くだん》の彼の姿を見るのは、男性看護師の飲み会の席でかな、と思いつつ、峯井はやっと到着したナースステーションのドアを開いた。

「あっ、峯井くん。お疲れさまぁ」

「古澤《ふるさわ》さん、お疲れさまです」

翌週の金曜日、一日の業務を終えて男子更衣室へ戻ると、ロッカーの前に立っていた整形外科病棟勤務の古澤がひらひらと手を振った。

四十半ばの小柄な彼は男性看護師の宴会部長で、よく率先して飲み会の幹事を引き受けてくれている。

「突然で悪いんだけど今日の夜ってあいてる？」

「あー……えっと」

先週引っ越しを済ませた峯井だったが、日々の激務に追われて未《いま》だに自室に未開封のダンボールが積んである。荷解きを進めたくはあるが、休日に済ませてしまえばいいかと思い直した。

「はい、あいてます」

返答に、古澤は「よかったー」と笑顔になる。

「もしかして、新人さんの歓迎会ですか？」

「そうそう。男の新人さん久しぶりだし、なるべく早いうちにやりたいかなって思って」

いわく、朝から各科に回って訊いたところ、今日が一番参加者が多く集まれる日取りらしい。

それを聞いて、断らなくてよかったと峯井は目を細めた。

「整形ではやらないんですか？」

「うちでは新人さんが入った当日の夜にやったよ。――じゃあ、峯井くん参加っと」

携帯電話を操作しながら、古澤が満面の笑みになる。

整形外科病棟は昨年まで男性看護師が五人在籍していたのだが、うち二人が家庭の事情でいっぺんに退職してしまったのだ。

激務であることももちろんなのだが、古澤はよく「男が減って寂しい」と言っていたので、新人が男性だったのが相当嬉しいのだろう。男一人の峯井からすれば、贅沢な話だとも思うが。

「じゃあ、お店予約したらまた連絡するね。時間はいつもどおり、十九時からってことで。またあとでね」

「あ、はい。お疲れさまでした」

ばたばたと更衣室を出ていく古澤を見送り、峯井もロッカーを開ける。

——あ、しまった。名前聞いておけばよかったかな。

鳥谷野は「背の高いかっこよくて若い男性看護師」という情報の印象が強すぎて、名前を失念していた。

ナースステーションで彼の姿を見た他の同僚も似たようなもので、誰も正確に名前を覚えていなかったのだ。

——まあどうせ飲み会でわかるからいいか。……十九時って言ってたっけ。

着替えを済ませて鞄を取り、ロッカーを閉める。

以前までの癖で病院の上階にある男子寮に向かいそうになり、慌てて職員玄関のほうへと歩き始めた。

古澤から店の詳細が送られてきたのは病院を出て三十分後だった。

峯井は自室の荷物を片付けながら時間を潰し、十九時ちょうどに着くように、指定された駅前の居酒屋へ向かう。

自動ドアを通るとすぐに寄ってきた店員に「予約で」と告げ、奥の席へ案内してもらった。半個室状態になるよう仕切られていた戸を開く。テーブル席には、既に数名の参加者が集まっていた。だが見知った面々ばかりで、本日の主役である新人看護師はまだ来ていないようだ。

「すみません、遅くなって。あと何人くらい来るんですか」

適当な場所に腰を下ろすと、幹事の古澤がドリンクメニューを渡してくれる。

「今日の参加者は全部で十人だから……あとは寮組だけかな。だから主役の新人さんもまだ来てない」

「あ、新人さんって寮に入ったんですね」

「ていうかさ、寮組が一番近いのに一番遅いってどういうことだよ」

いつも時間にうるさい心療内科勤務の吉田《よしだ》がお馴染みの文句を言う。先日まで寮組だった峯井も耳が痛い。

「距離が近い故の油断と、数人でまとまって動こうとすると却って遅くなるというか……」

自己弁護も含みつつそう執り成せば、古澤が苦笑した。

「峯井くんがいるとギリギリみんな時間守ってくれてたんだけどねー。いなくなったらもう駄目かぁ」

先に飲み物だけでも注文しておくか、と話していたところに、古澤の携帯電話にメッセージが届いた。今、居酒屋の前の道路で信号待ちをしているらしい。あと数分程度なら待とうということで、ドリンクメニューをテーブルに広げる。

「古澤さん、新人さんって名前はなんていうんですか？」

問いかけに、古澤は何故か殊更に驚いた様子を見せた。

「え、知らないの？　外科に挨拶に行ったんじゃなかったっけ。そう聞いてたけど」

「僕その日お休みをいただいていたので、会ってないんですよ」

「あーそうか、引っ越ししたんだよね。えっとね」

古澤が言いさしたところで、戸ががらりと開く。寮組がぞろぞろと姿を現した。

見知った面子がやってきて、新人看護師は最後に来るのだろうかと、戸のほうへと顔を向ける。

列の最後、身を屈めるようにして入ってきた長身の人物の顔を見て、峯井は目を瞠《みは》った。

――嘘。

男は確認するように巡らせていた視線を、峯井の顔で留める。

「峯井」

昔と同じように名前を呼ばれ、心臓が大きく跳ねた。膝の上に置いていた手が、ぎくりと強張る。

久しぶりに聞いた声は、記憶の中のものと寸分違わない。よく響く、心地のいい低音だ。けれど最後に会ったときとは違い、泣きそうでも、怒っているようでも、不安げに揺れてもいない。

呼応することもできずただ黙って見上げていると、男は戸惑いながら「あれ？」と首を傾げる。そして古澤も「あれ？」と言った。

「なに、知り合いって言ってなかったっけ。峯井くん覚えてなさげじゃないか。見ろこのノーリアクションを」

あまりの狼狽《ろうばい》で固まっているだけだったが、そんな言い訳もできないほどに、口が、体が、動かない。

「仲が良かったとか言ってたのはなんだったたんだ」

「哀れな……」

面白がって揶揄う先輩方に、男はぶんぶんと首を振る。

「いやいやいや、本当ですって！　覚えてないはずないんですって！　嘘だろ峯井」

嘘だろ、はこちらの科白だ。

何故ここにいるのか。何故、仲が良かったなんて言えるのか。何故そんなふうに、普通にしていられるのか。——まるで、何事もなかったみたいに。覚えていないみたいに振る舞っているのは、そっちのほうだ。

膝の上でぎゅっと拳を握る。微かに震えているのは、力を入れすぎているからか、それとも感情が揺れているからか、自分でも判断できない。

ただ、どうにかこの場を乗り切らないといけない、という考えだけはあって、いつも鏡の前で作っている慣れた笑顔を取り繕う。

「……呉村」

小さく、だがはっきりと名前を呼ぶと、対面に座った男——呉村清隆は頬を緩めた。

無表情とさして意味の変わらぬ笑顔が功を奏し、峯井の動揺には卓を囲んだ誰も気づいていないようだった。

一方で、峯井も呉村の気持ちがわからない。

生来の人懐っこさは相変わらずのようで、呉村は全員と楽しげに話していた。峯井とは、最初の挨拶以降一言も話していないけれど。

「じゃあ看大卒業してからずっと大学病院だったんだ」

「はい。そのときからずっと整形外科で」

ちびちびと梅酒を舐めながら、自分が知らない呉村の情報を、耳が勝手に拾ってしまう。知りたいような知りたくないような、複雑な気分を味わっていた。

「え、じゃあ外科の伊藤《いとう》先生の紹介で来たって聞いたけど、どういう伝手《つて》なの？　なに繋がり？」

「伊藤先生は、お世話になっていた教授の御学友なんです。一年くらい仕事を辞めてぶらぶらしてたら教授が見かねて紹介してくださって」

仕事を辞めていたのか、と意外に思う。呉村はやる気に溢れているし体力もあるので、そういうタイプではないと思っていた。

昔と今では違って当然なのだが、知らない面を見たような気がする。

「三十歳前後って、一区切りっていうか、色々見つめ直したくなるときだもんね」

呉村の横に座っていた吉田が「わかるわー」と頷いた。

「その頃って結婚ラッシュがあるし退職転職ラッシュがあるしさ。ちょうど自分を顧みたくなる頃なのかもなー」

生命保険の外交員もしつこくなるんだ、と古澤が言い添える。まだ二十代の看護師たちは「へー」と気の抜けた返事をしていた。

「でも一回退職するとちょっと休みたくなるよね、この仕事激務だしさ。三十まで働いてたってことは退職金出るし、失業保険もおりるし」

吉田を含めた転職組がうんうんと頷くのに、古澤が苦笑した。

「そりゃ独身の意見だな。家族がいたらそうも言ってらんないよ」

「そういえば呉村くんは独身?」

投げられた問いに、峯井のほうがぎくりとしてしまう。身構える暇もなく、呉村は「そうなんです」と肯定した。

「恋人もいないので、正真正銘の独り身ですね」

へえ、と周囲から声が上がった。峯井は視線をテーブルに向けたまま、グラスに口をつける。

「意外、そのなりで」

そのなりって、と呉村が苦笑う。

「峯井くんも独り身だよ、あのなりで」

古澤の振った話題で、場の視線が峯井に集中する。会話に混じっていないのを気にして敢えて振ってくれた話に無言でいるわけにもいかない。峯井は短く、「いませんね、誰も」と答えた。

「人当たりもいいし、子供からお年寄りまで老若男女問わず人気でさ」

なんだか嫌な予感がして、「そんなことないですよ」とすぐに遮る。

「外科病棟のアイドルって呼ばれてるし」

「古澤さん！　それは嘘！　呼ばれてないから！」

なんでその恥ずかしいあだ名を言うんだと焦る峯井に、周囲が笑いながら囃《はや》し立てる。頬が熱くなるのを自覚しながら呉村を見やると、彼は少々驚いたような顔をしたあと、笑った。

記憶の中の彼と寸分違わない。胸の奥がぎゅうっと痛み、一瞬息ができなくなった。

「あの『アイドル峯井』が『峯井主任』だもの……ここに来た日がつい昨日のことみたいなのにねえ」

「古澤さん、そんなしみじみと……」

普通、看護師同士は科が違えば会話をする機会は少ない。同じ病院に勤めているはずの他科の同期の顔を半年ぶりに見る、などということもある。けれど数少ない男性看護師同士だから結束力もあり、こんなふうに揶揄うこともできるのだ。

「そうそう。峯井のすごいところは、ちゃっかり出世してるところだよなー」

褒めつつもほんの少しの嫉妬を滲ませているのは、人工透析内科勤務の芦田《あしだ》だ。今年三十三歳になる彼には肩書きがついていない。彼だけでなく、この席にいる者で役付きなのは峯井のほかは副師長の古澤だけだ。

「まあ、峯井くんは優秀だし、生え抜きだから」

そんなふうに古澤が執り成す。勤務先の病院が経営している看護学校を出ているが、当然それは峯井だけではない。

「それだけじゃ駄目じゃないですか。それだけでなれるなら皆役付きになれてるでしょ」

出世の基準は病院の規模や方針によりけりで、ごろごろと役付きがいるところもあれば、ごく一部だけが役付きであとはほぼ平職員というところもある。この病院の場合はどちらかといえば後者で、総合病院なりに看護師の在籍数は多いにもかかわらず役付きの職員の数は多くない。

出世の基準は様々あるが、一番は上長あるいは医師の推薦を受けること——つまり上長や医師の受けがいいことだ。一般にはゴマすりが上手なことが有効手段だと思われているから、「ちゃっかり出世」と言うのだろう。

「運と人に恵まれただけですから。まだまだです」

経験があっても、例えば女性の先輩であれば結婚や子育てなどの家庭の事情で一時職を離れたという理由で、まだ役付きでない大ベテランも多い。肩書きだけ上になったところで、そういった先輩たちと肩を並べただなんておこがましいことは思えない。

正直な気持ちだったが、芦田は「ご謙遜だな」と鼻を鳴らした。

「いいなぁ、俺も先生に強烈に気に入られてぇ。なんかやけに可愛がってるよなぁ、峯井くんのことさー。そりゃ、峯井くん優しいしなんか一緒にいて安らぐけどさぁ」

嫉みというよりは愚痴に近いこの絡み酒は今に始まったことではないので、峯井はいつものように黙って芦田の頭をよしよしと撫でた。

芦田は「そういうとこやぞ！」と言いながら、峯井に抱きついてくる。座敷だったら押し倒されていたかもしれない。

「アタシのなにが悪いのよー！」

何故か突然女言葉になった芦田に、微妙に張り詰めていた場のムードがやっと解けた。

「芦田さんはなにも悪くないですよ、落ち着いて。水飲みます？」

「水なんていらないわ酒を頂戴」

峯井は芦田を宥《なだ》めつつ、席に押し戻した。

ふと上げた視線の先で、いつからかこちらを見ていた呉村の視線とかち合う。

にこっと笑いかけられて、ひどい気まずさに襲われた。

——……なに考えてるんだろう、呉村。

峯井は、そっと目をそらす。

――どうして。

どうして笑っているんだろう。どうして、笑いかけられるんだろう。どうして、峯井を見て、笑えるんだろう。

胸を圧迫するような息苦しさに、唇を噛む。この感覚には覚えがあった。

何度も、何度も何度も味わった感情だ。

「……峯井くん？　大丈夫か？　顔真っ白だぞ」

峯井の異変に気づき、芦田が心配そうに覗き込んでくる。我に返り、慌てて表情を取り繕った。

「あはは、平気です。ちょっと悪酔いしたみたいで」

「水瀬もうか？」

「大丈夫です、外の空気を吸ってくれば……、や、今日はもう帰ります」

そう言って立ち上がると、同僚たちが「え？」と声を上げた。

「すみません、今日は俺、お先に失礼します。引っ越しでちょっと寝不足気味だったのかも。もう酔ったみたいで。足に来ちゃう前に帰らないと」

「あーでも確かに顔色悪いかも。タクシー呼ぶ？」

「いえ、歩いてそんなにかからない距離だし、ちょっと風にあたって酔い醒《さ》まして帰ります。……呉村」

数年ぶりに口にした名前に、口腔《こうこう》内が苦くなるような錯覚を覚えた。

呼ばれた呉村は、じっと峯井を見ている。なんだか視線を外したら負けのような気がして、峯井は普通すぎるくらい普通に、笑いかけた。

「じゃ、またな」

もう二度と、顔を見るつもりなんてなかったのに。

そんな気持ちを押し殺して告げた言葉に、呉村は瞠目《どうもく》していた。反応が返ってくる前に、鞄を手に取って店を出る。

外の空気を吸うと、ほんの少し落ち着いた。歩きながら、小さく深呼吸をする。

歩けば歩くほど——呉村との距離が開くほどに、呼吸が楽になってくる気がした。藍色の夜空に浮かぶ月を眺めながらゆっくりと自宅までの道を歩く。

「——井、……峯井っ」

名前を呼ばれた気がして、峯井は足を止めた。

「……っ!?」

振り返るとすぐ傍に呉村の姿がある。ここまで全力疾走でもしたのか、やけに息を切らしていた。

反射的に体が逃げたが、距離を取る間もなく、堪えるように呼吸を整えた呉村に腕を掴まれる。大きな手に二の腕のあたりを握られて、微かに喉が鳴った。

「——峯井！」

大きな声で名前を呼ばれ、峯井は戸惑いながら作り笑いを浮かべる。

「ちょっと……なに、聞こえてるって。声でかい」

呉村はそんな指摘に慌てて口を押さえ、周囲を見回していた。

「ごめん、俺」

掴んだ手を緩めながらも、呉村は放さない。峯井は、じっとその顔を見上げた。

「呉村……」

「え」

「なんかでっかくなった？」

唐突な峯井の問いに、呉村は目をまん丸くしたあと、「なってねーよ！」と笑った。二人の間に流れていたぎこちない空気がほんの僅かだけ緩和される。

——別に、まるっきり冗談ってわけじゃなかったけど。

呉村は、記憶の中の彼よりももっとずっと大人になっている。髪型のせいかとも思ったが、あれから十年以上も経っているのだから当然だ。

悪夢の中に現れる彼とは、雰囲気が少しだけ変わっていた。

けれど、すっと通った高い鼻筋も、少し厚みのある唇も、優しげな瞳も、なにも変わらない。

その切れ長の目に、不安そうな色が滲む。

「峯井？　どうした？　具合、まだ悪いのか？」

酒席を離れる口実を額面どおり信じてくれている呉村に、峯井は頬を緩めた。こういう、素直な性分も変わっていないようだ。

「平気平気！　ていうか、主役が飲み会抜けて来たら駄目だろ」

彼の二の腕を叩いて、摑まれた手をやんわり外す。呉村は、峯井の様子に、ほっとしたように笑顔になった。

「別にもう俺が主役って感じじゃないし、いいよ。峯井が心配なんで、って言ったらみんな行ってこいって言ってくれたし……」

そう言いさして、呉村が口を閉じる。

「――いや、そうじゃなくて。……峯井と話したかったんだ」

「……そう。久しぶりだもんな」

「うん、久しぶり」

嬉しげに頷く呉村の顔は、やっぱり記憶の中の彼と変わらなくて、胸がしくりと痛む。

「元気だった？」

「ああ、うん」

互いに過去の記憶は残っているだろうに、そこに触れないまま数秒の沈黙が落ちる。

無言で歩きだすと、呉村もついてきた。

勤務先の病院――男子寮は居酒屋から自宅への帰り道の途中にある。敢えて迂回《うかい》しようかとも考えたが、わざとらしいかもしれないと思いとどまり、そのまま歩き続ける。

「寮、俺と入れ違いで出ていったんだって？　もしかして俺の部屋って峯井が住んでた部屋なのかな」

「いや、違うと思う。まだ部屋のクリーニングしてないって言ってたし」

もとより、決して多くはない男子寮の戸室は半分が埋まっていない。男性看護師の数も少ないし、独身で勤続十年以下となるとあまり入居できる条件に合う看護師がいないのだ。本人が希望しなければ入る必要もないので、部屋は有り余っている。

峯井の返答に、呉村は「なんだ」と言った。どういう意味なのだろう。

「空き室があるなら、別に峯井が出ていくことなかったじゃないか」

前にも同じような話を鳥谷野とした気がする、と既視感を覚えつつも「規則だから」と返す。

「ああ、条件が勤続十年までなんだっけ。別にいいのにな、ちょっとくらい」

何気ないふうに会話を続けながらも、頭の中は殆《ほとん》ど真っ白だ。

自分は、普通に話せているだろうか。怪訝《けげん》に思われていないだろうか。そんなことが気になり、緊張に喉が渇いた。

過去の話を持ち出されるのではないかと気が気ではなく、なにを喋っているのか次第にわからなくなり始めてくる。

居酒屋から寮までの距離はたったの五分だというのに、何時間にも感じられた。

——いやだ。……すごく、いやだ。どうして。

どうして、まだこんなにも、呉村と話していることを嬉しいと思ってしまうのだろう。十年以上も距離を置いて、やっと忘れられるかもしれないと思っていたのに。

こうして顔を合わせれば、いとも容易《たやす》く封印しようとしていた気持ちが蘇《よみがえ》る。

辛いから、傷つくから、傷つけるから、死んでしまえと胸の奥底にうずめたはずの心が、息を吹き返す。

——俺はあさましい。

大人になってもなにも変わらないのだと突きつけられて、唇を噛む。

当たり障《さわ》りのない会話を続けていたら、やっと病院に到着した。

「じゃ、俺こっちだから」

そう告げて、峯井はそそくさと背を向ける。

「──峯井！」

けれど、すぐに呼び止められて固まった。なるべく平静を装って、振り返る。

職員入り口の前に立つ呉村が、ただ黙ってこちらを見つめていた。

それから彼は、ふっと表情を緩める。

「また、一緒だな」

十代のとき、クラスが一緒になったときのような無邪気さで呉村が言う。忘れたかった過去の記憶が呼び覚まされて、深く心臓を抉《えぐ》った。

大人になって、昔よりも装うことを覚えた峯井は、小さく笑い返す。

「そうだな。これからよろしく」

片手を上げてそう言えば、呉村が手を振った。

「うん。おやすみ、峯井」

優しい低音に鼓膜を揺すられ、峯井はぎこちなく頷いた。

「峯井主任、すみません休憩入ってください」

「あー……はい、じゃあ抜けます」

今日は病棟でトラブルが続き、色々と後処理に回っていたら昼休憩を取っている余裕がなかった。昼食抜きを覚悟していたが、少し余裕が出てきたようだし、お言葉に甘えて今のうちに抜けさせてもらう。

持参してきた弁当を手に、中庭へ行こうとして足を止める。

――っと、その前に。

踵を返し、峯井は仕事場である外科病棟と同じフロアである整形外科病棟に足を踏み入れた。目的の病室へ行き、覗き込む。

個室のベッドの上でタブレット型コンピュータをいじっていた青年が、峯井に気づいて身を乗り出した。

「あー、峯井さん！」

「山田《やまだ》さん、お加減どうですか？」

「全然元気！　検温する？」

「しません。うちのカルテないもん」

そっかー、と言いながら、山田はベッド脇のチェストボードから飴玉を取り出し、峯井にくれた。

「退院かと思ったのにさー、がっかり」

「自分が悪いんだろ。初めて見たよ、退院当日に病院で怪我して出戻ってくるの」

峯井の指摘に、山田は頭を掻いて笑う。

大学生の彼は元々は虫垂炎《ちゅうすいえん》で入院していた患者だ。退院するという日に迎えに来た友人たちと一緒にふざけあっていて、階段を転げ落ちて手首と脚を骨折した。それで、即日外科から整形外科へお引っ越しとなったのだ。

「まあ元気そうでよかったよ」

腕と繫がっている点滴を見ながら言うと、「そうそう」と山田が不満げな声を出す。

「また点滴してもらったんだけど、めっちゃ痛くてさ」

「そりゃあ針刺すんだもん、痛いよ」

「でも峯井さんのときは全然痛くなかったよ。今回はなんか逆流するし痛いし針外れるしで。二回目にやってくれた男の看護師さんはちょっと上手だったけど」

男の看護師、という言葉にぎくりとする。

呉村が入職してからもう一ヶ月以上が経過しているが、あの夜以来顔を合わせていない。その後一度、男性看護師の飲み会に誘われたが、峯井は「夜勤がある」と言って参加しなかった。夜勤があったのも本当だが、呉村と顔を合わせずに済んだことに安堵したのも事実だ。

「へー……」

整形外科には古澤もいるし、呉村のこととは限らないのになんだか妙にどぎまぎしてしまう。

「峯井さん注射超得意なんでしょ？　今度やるときは峯井さんがやってよ」

「誰から聞いた情報かわかんないけど、普通の腕だよ。そして科が違うからそれはちょっと無理」

ええー、と不満を言う山田に「おとなしく寝てるように」と言いおいて、峯井は病室をあとにした。

今は病棟を回っている時間だろうし、なるべく呉村と会わないように足早に立ち去る。

昼食をとるために中庭へ下りると、入院患者や看護師の姿がそこここに見えた。この病院の中庭はちょっとした公園のようになっていて、のんびりとした空気が落ち着くのだ。

——マイナスイオン……てのは、ちょっと古いか。

ようやく穏やかになってきた気候に目を細め、峯井はベンチに腰を下ろした。

「——いただきます」

ぱちんと手を合わせて、包みを広げる。

今日は近所のスーパーで安売りしていた食パンで、サンドイッチを作ってきた。厚焼き卵のサンドイッチと、パンと同様安売りだったきゅうりを使ったキューカンバーサンドイッチの二種類だ。四等分にし、ひとつひとつラップで包んである。

ぺりぺりとラップをめくりながら、厚焼き玉子のサンドイッチを口に運んだ。咀嚼《そしゃく》しながら見るともなしに中庭を眺めていると、目の前に白衣が翻《ひるがえ》る。

「やあ、こんなところで寂しく一人ランチ？」

「鳥谷野先生、サボりですか？」

峯井が問うと、鳥谷野は「休憩だよ、人聞きの悪い！」と苦笑する。

「午後、手術ないんですか」

「ん、予定がひとつなくなっちゃって。時間が空いたから抜け出してきた」

鳥谷野は彫りの深い顔に笑みを刻み、峯井の横に腰を下ろした。長い足を組み、芝居がかった動作で肩を竦《すく》める。

「そんなことより、それ手作り？」

弁当箱を覗いて、鳥谷野が指をさす。

「そうですよ」

「誰に作ってもらったの？」

にやにや笑いながら問う鳥谷野に、峯井は大きく嘆息した。

「自分で作ったんですよ、残念ながら」

「なぁんだ。アイドルにお弁当作ってくれるような相手がいるのかと思って期待したのに」

「期待ってなんですか」

鳥谷野はふうんと言いながら覗き込み、「美味しそうだねー」と褒める。

「普通ですよ」

「手作りの料理なんて久しく食べてないからすごく新鮮に見える。これなに？　みどり色のやつ」

「きゅうりのサンドイッチです。ピーラー……皮むきで縦にスライスして、パンに挟んであるんです」

「へー、きゅうりだけ挟んであるんだ？　サンドイッチのかっぱ巻き的な感じ？」

そんなに凝視されると食べづらいんだが、と峯井は眉を寄せる。小さく息を吐き、ラップで包んだサンドイッチをひとつ差し出した。

「よかったら食べます？」

どうぞ、と差し出す。けれど鳥谷野は受け取らずに、じいっと見つめるばかりだ。

「いらないですか？」

手を引っ込めようとした峯井に、「いるいる！」と言う。

「食べさせて。はいあーん」

「……」

鳥谷野は大きく口を開き、自分の口を指でさす。

人はそれほど多くないとはいえ、公衆の面前でいい年した男同士でやるには些《いささ》かお寒い光景だ。

だが逆らうのも面倒で、峯井はやれやれと言いながらラップを剥がした。

「鳥谷野先生、介護にはまだちょっと早くないですか？」

「思ってた反応と違う……」

「四の五の言わずにさっさと口あけてください」

はぁい、と返事をした鳥谷野の口に、サンドイッチを突っ込んだ。キューカンバーサンドイッチを咀嚼しながら、鳥谷野は「美味しい」と笑う。

「こういうのもシンプルでいいね。うん、美味しい。かっぱ巻きサンド」

「なんか急に箸休め感の出る名前ですね。まあ、美味しく食べていただけたならよかったですけど」

「いや、やっぱりそこは、峯井くんの愛情がこもってるからかな……」

鳥谷野は見た目もさることながら、声もやたらにかっこいいので、きっとそんなふうに言われたら喜ぶ女性も多いのだろう。

鳥谷野は「ありがとう美味しかった」と言って手を握ってきた。

「料理上手な人っていいよね、もし次に結婚するなら峯井くん——」

「——なにしてるんですか」

峯井くんみたいな人、という鳥谷野の言葉は、割り込んできた低い声に殆ど掻き消される。

反射的に振り向き、その場に立っていた人物に思わず固まった。

「あれー。呉村くん今休憩？」

「……しらじらしい」

吐き捨てるように言った呉村に、峯井は動揺しつつ首を傾げる。

「呉村、なんでここに？」

思わず訊いた峯井に、呉村が視線を向けた。

「いま昼休憩に入った。カンファレンスまで飯食えなくて」

「そっか。今日、なんか妙に忙しかったよ、うちも」

微妙に刺々《とげとげ》しい雰囲気になった空気を緩和させるように殊更明るい声音で言うと、呉村がわずかに表情を緩めた。

「呉村くんは売店で買ってきたの？」

「ええまあ」

「峯井くんみたいに自炊はしないんだね？　峯井くん、料理上手なんだよ」

「知ってます」

間髪を容《い》れずに答える呉村は、やっぱりつんけんとしている。

昔は――おそらく今だって、他者にこういう態度を取る男ではないはずなのにと、峯井は怪訝に思う。相手が他科の医師だから緊張しているのだろうか。

「今日のサンドイッチも美味しかったよ。しかも峯井くんに食べさせてもらったから、もーっと美味しかったな」

「……それはなによりでした。ドクター」

にこっと笑った呉村に、鳥谷野がぷっと噴き出した。

――なんでだろう。二人とも笑顔なのに、ギスギスしてるような……。

二人、というよりは呉村のほうが少々棘のある態度を取っている。外科医師と整形外科の看護師ではほぼ接点がないはずなのだが、一体なにがあったのだろうか。

呉村はむっつりと唇を引き結んだまま、強引に峯井と鳥谷野の間に割って入った。一般的なサイズのベンチは、大人の男が三人並ぶとさすがに狭苦しい。

峯井はともかく、呉村と鳥谷野は大柄なほうなのだ。

しかも、こんな不意打ちで数年ぶりに呉村と密着し、思わず背筋を伸ばしてしまう。

「呉村、なにもここに無理やり座らなくても」

逃げ腰になりながら文句を言うと、呉村は眉を寄せたまま峯井を見やった。

「どこで食べたっていいじゃないか。追い払わなくてもいいだろ」

意図を気づかれて、ぎくりとする。峯井は視線を泳がせながら「違うよ」と言い訳した。

「ただ、窮屈じゃないかなと思っただけで、そういうつもりはないよ。別に」

「じゃあいいだろ」

ぎゅむっと体をねじ込むように、呉村が背もたれに身を預ける。傍らの鳥谷野が「ふふふ……」と不穏な笑い声を上げた。

「鳥谷野先生？」

一体どうしたのかと名前を呼べば、鳥谷野は外国人のように肩を竦めて首を振った。

「そうそう、そういえばさ、なんとなく思い出したんだけど」

「なにをですか？」

問うた呉村に、鳥谷野がにっこりと笑う。

「峯井くんの酒癖」

なんの前後関係もなく落とされた唐突な話題に、呉村は怪訝そうに眉を顰め、峯井はぎょっと目を瞠った。

——なんで今その話!?

鳥谷野がいつも振ってくるお気に入りの話題ではあるが、何故このタイミングでと冷や汗をかく。

初恋の相手のことは詳しく知らないはずなのに。それとも、知っていて知らないふりをしていたのか。もしかして呉村がその「初恋」の相手だと気づいて、わざとこの話をしているのか。

惑乱する峯井に、呉村の視線が刺さる。

「なに、酒癖って。この間飲んだときは別に普通だったよな」

「いや、ええと……」

問い詰めるように呉村が身を乗り出してくる。後退って距離を取りながら、にっこりと作り笑いを浮かべた。

「……恥ずかしいから普通に言いたくない。ていうか、記憶があんまりないし、未だに信じたくないんだよ俺」

ずっと秘めているつもりだったことを、酔っていたとはいえべらべらと喋ってしまったのは本当に失態だった。

鳥谷野が「初恋」の全容に気づいていても気づいていなくても、この際どちらでもいいけれど、呉村には言わないでほしい。そんな気持ちを視線で訴えると、承諾するように鳥谷野は目を細めた。

「――峯井くん、酔っ払うと膝の上に乗っかって可愛く縋《すが》りついてくるんだよ。おじさん、誘われてるのかと思っちゃう」

「はぁ!?」

ウインクをしてそんなごまかし方をした鳥谷野に、峯井と呉村は同時に声を上げてしまった。

呉村が勢いよくこちらに顔を向けたので、峯井は思い切り首を横に振る。

「違う！　してない！　そんなことしてない！」

「だって、今……」

「鳥谷野先生！　嘘は駄目です！　訂正してください！」

本当のことを話さないでくれたのはありがたいが、それはそれで妙な誤解を生む。

あれれ？　と鳥谷野はわざとらしく首を傾げた。

「ちょっと大袈裟に言ってしまったかもしれない」

「大袈裟じゃなくてただの嘘でしょう!?　そんなことしません！」

「必死になればなるほど余計あやしいよ、峯井くん」

「誰のせいですか！」

鳥谷野は完全に面白がってけらけら笑っている。そしてこんなに否定しているのに、呉村は疑惑の眼差しをこちらに向けていた。

「――お三方」

ぎゃあぎゃあと言い合っているところに、穏やかだが迫力のある声が割り入ってくる。

はっと顔を上げれば、目の前には妙に姿勢のいい看護部長が立っていた。鳥谷野が研修医になるよりも前からこの病院にいるという彼女の登場に、いつも飄々《ひょうひょう》としている鳥谷野の背筋が伸びる。

「ここは患者さんやご家族も使う場所なので、静かにね？」

「はい、看護部長。不肖鳥谷野、仕事に戻ります」

立ち上がってぴしっと背筋を伸ばし、鳥谷野は峯井と呉村に「じゃあまたね」と告げて去っていく。看護部長は「やれやれ」と笑った。

「嫌われちゃったものねえ」

視線をこちらに向けた彼女に、峯井と呉村は揃って会釈をする。

「嫌われてはないと思いますけど……」

あれはどちらかというと、怯《おび》えているとか畏《かしこ》まっている、というほうが近いのではないだろうか。鳥谷野は基本的にどんな相手にも阿《おもね》ったり謙《へりくだ》ったりすることはないのだが、看護師長や看護部長には弱いらしい。

それは鳥谷野に限った話ではなく、他の医師たちも同様のようだ。当然、看護師である自分たちも例外ではない。

「あなたたちも、院内ではあまり騒がないようにね。鳥谷野先生のマネしちゃだめよ」

「はい、すみません！」

ぺこりと頭を下げた呉村と峯井に、看護部長が優しく微笑んで去っていく。小柄で細身の彼女は六十を超えたところだというが、今でも若々しい。怒鳴っているところも見たことはないし、若い看護師たちにも優しいのだが、やっぱり緊張する。

「……どこの先生も、看護師にはかたなしだな」

「本当にな。鳥谷野先生が研修医の頃、看護部長が外科の看護師長だったんだって」

「へー……。今度鳥谷野先生にいじめられたら部長の名前を出すか」

「おいおい、部長を魔除《まよ》け扱いすんな」

二人をなんだと思ってるんだと、窘《たしな》めながらも、それは覿面《てきめん》に効果がありそうだと顔を見合わせて笑ってしまう。

そうして、呉村の前であれだけ緊張していた気持ちが、ほんの少しだけ和らいでいるのを自覚した。

昔のような――もしかしたら昔よりも穏やかな気持ちでいられているかもしれない。

どちらからともなく食事を再開する。交わす言葉はないけれど、木漏れ日や風の音、漣《さざなみ》のような話し声が心地よく、穏やかな空気に包まれた。

ふと、呉村が峯井の手元を見ていることに気づく。サンドイッチがほしいのだろうかと、峯井は厚焼き玉子サンドをひとつ差し出した。

「え……？」

「あれ？　ほしかったんじゃないの？」

凝視しているのでてっきりそうかと思っていた。

反射的に引っ込める前に「ほしい」と言って呉村がサンドイッチを手に取る。それを数秒間じいっと見つめたあと、峯井に笑いかけた。

「ありがとうな。いただきます！」

「あ、うん。召し上がれー」

サンドイッチを一口かじった呉村が、微かに目を瞠る。

「うまい。……峯井のオムレツの味がする」

その言葉に、懐かしさや切なさのようなものが胸に迫ってきて、峯井は一瞬言葉が出なかった。十代のとき、呉村の味覚に合わせてオムレツを作っていた。いつしかそれが自分の味になって、それからずっと同じ分量で作り続けている。

——覚えてたんだ。

懐かしい、と言いながら呉村は二口で小さなサンドイッチを食べきった。指を舐める仕草にどきりとしつつ、目をそらす。

「ごちそうさま。じゃ、俺行くわ」

つい「もう?」と訊きそうになって、慌てて口を噤《つぐ》む。呉村はいつのまにか、自分の分の昼食も食べきっていた。

そして、白衣から個包装のキャンディをひとつ取り出して、峯井に差し出す。反射的に手を出すと、フルーツ味ののど飴が掌に落ちてきた。

「サンドイッチの、お礼」

「……ありがと」

手を振って、呉村が去っていく。峯井は手の中のキャンディを握りしめた。

薬剤師から内線で輸血用血液の準備ができたと連絡があり、峯井は交差適合試験伝票を取って院内の薬局へ向かった。

血液パックを受け取り、検査室へと運ぶ。

「すいません、お願いしまーす」

検査技師とともに伝票と必要事項を確認し、検査室から出ると、同じタイミングで隣接した採血室から少々慌てた様子の呉村が顔を出した。

思わぬ遭遇だったので、互いに目を丸くする。

「呉村」

「あっ、峯井。久しぶり」

中庭でサンドイッチを一緒に食べてから既に二週間が経過していて、科が違うと本当に顔を合わせないものだと実感していただけに、より驚いた。

「ていうか、整形の看護師がなんで採血室？　珍しいね」

採血室とは、その名の通り主に外来患者の採血をする場所だ。この病院では、検査室と隣り合っている。

採血するのは専任の看護師で、病棟や外来勤務の看護師は普通いない。採血室専任の看護師は約二名いて、日によっては他科の看護師をヘルプに呼んだりすることもあるというが。

「両足骨折した患者さん連れてきたんだよ。俺は単に付き添い」

ああなるほど、と納得した。入院時に、患者は必ず採血をする。自分で歩ける患者の場合は採血室の場所を教える程度だが、両足骨折ということは車椅子を押してきたということだろう。

「って、そうだ峯井！」

「えっなに⁉」

唐突に大きな声で名前を呼んで指をさす呉村に、峯井も驚いてしまう。

「外科病棟の採血の鬼！」

「なにその二つ名⁉」

一度も聞いたことねえよと反論する峯井に構わず、呉村は「ちょっと助けて」と迫ってくる。

だがなぜ整形外科病棟勤務の呉村が、助っ人《すけと》の呼び込みをしているのかわからない。

「なんだよ一体、今日そんなに混んでんの？　採血室。俺、普通に仕事あるし手伝えないよ？

それに、血液パックしまってこないと」

「いや、混んでるわけではないんだけど……とりあえず頼むよ」

「はぁ……じゃあちょっと待ってて、置いてくるから」

要領を得ない呉村を怪訝に思いつつも、峯井は急いで外科病棟のナースステーションまで戻る。冷蔵庫に血液パックをしまってから再度採血室へと向かった。

――入り口の雰囲気からしてもそれほど混んでそうでもなかったけどな……。ていうか、採血室勤務でもなんでもないのになにやってんのあいつ。

足早に戻った採血室の前に、呉村が立っていた。入り口のドアを覗き込み、なんとなく状況が把握できる。

採血室は、やはりまったく混雑してはいない。隅に置かれたベッドの上に、一人の男性が横になっているのが見えた。

ベッドからはみ出すほど恰幅《かっぷく》のよい彼の顔は黒い。そして、黙って寝転がっているだけなのに、ひどく憤《いきどお》っているのがわかる。

呉村を振り返るが、彼も詳しい状況はわからないのか、首を竦めた。

もう一度患者のほうを見て、その腕に止血用の絆創膏《ばんそうこう》がいくつも貼ってあるのを見て察する。

呉村を引きずるように一旦廊下へと戻った。

「あれ、刺しすぎ？」

端的に問えば、呉村が首肯する。

「じゃないかな。次一発で決めないと許さない！　とか言ってたみたいだし」

「おい……なにやってんだよ」

刺しすぎとは言っても、この病院の採血室では、一人の患者の腕を何度も刺すことはあまりない。

どうしても採血できないときは看護師を代えるか、それでも無理だった場合は最終手段として医師に動脈血で採ってもらっているのだ。だが今日は採血室に看護師が一人しかいないようだ。

「技師さんヘルプに呼んだらしいけど断られて」

「そりゃそうだろ……技師さんに難易度高い患者回すなんて聞いたことねえよ……」

看護師でも苦戦する血管で、更には「あと一回しかチャンスがない」と突きつけられた状態で検査技師にバトンを渡すのは酷だ。というか、新人の看護師でもありえない。

「ヘルプを呼ぶってことは、上限回数を超えてはいないんだろうけど……」

あまり余裕がないことも確かなのだろう。

峯井は対面の呉村を見やり、頭を掻く。

「呉村がやればいいだろ。苦手じゃないんだったら」

「いや、俺だって何回か試させてもらえるならいいけど、触ってみた感じ一発で決めろって言われたらちょっと自信ない感じだったんだよ」

単に入院患者を送り届けただけだったはずなのに、お願いしますと縋られて一応試してはみたようだ。

だがやはり呉村も自信がないらしく、別の看護師を外来まで呼びに行こうとしたところで、峯井と遭遇したのだという。

「情けねーな」

「……面目ない。でも俺採血のスペシャリストじゃないし」

「俺だって違うわ」

だからそれが本来採血室勤務の看護師のはずなんだが、という言葉を飲み込み、再度採血室へと戻る。頼んだ手前もあってか、呉村も採血室に同行してきた。

注射に関して言えば、医者より場数を踏んでいる分、看護師のほうが上手であることが多い。しかし得手不得手というのはあるもので、看護師だから絶対に注射がうまいかというと、それもまた別の話だ。

「失礼しまーす」

峯井が現れると、患者よりも看護師のほうがほっとした顔をしていた。可愛らしい顔立ちの彼女は、目を潤ませながら峯井を見る。

それから呉村を見て胸を撫で下ろす仕草をした。

――おいおい。

患者の前でそういうリアクションはいかがなものかという考えが湧いたが、なにも言わずベッドのほうへ向かう。

彼は入室してきた峯井と呉村を見やり、眉を顰めた。峯井は不機嫌そうな患者に向かって笑いかける。

「……いつまで待ってればいいんすかね？」

「すみません、お待たせしました」

見た目からは年齢がわかりにくいが、声や喋り方の感じから察するにまだ若そうだ。機嫌はよくなさそうだけれど、怒鳴りつけてきたりしないだけまだやりやすい相手といえるだろう。

「じゃあ腕貸してくださいねー」

丸太のような彼の右腕には、絆創膏が三つ貼られていた。

――片腕に三つ……多いなあ。

もうこちらの腕には刺せないなと、一旦手を下ろす。

確かに刺しすぎだなあ、と思いながら峯井はベッドの横に座り、ゴム製のチューブ――駆血《くけつ》帯《たい》を手に取った。

「気分、悪かったりしてますか？」

「まあ、よくはないですよね。よさそうですかね、俺。よさそうに見えます？」

まくしたてられた刺々しい科白に苦笑する。顔色を見れば具合もよくないだろうし、注射を失敗されて気分も悪いというところか。彼の腕に針を刺した看護師は、ばつが悪そうに眉を寄せた。

「すみません、起きられますか？」

具合が悪いのならば構わないがと言えば、男性患者は苛立《いらだ》った様子で睨みつけてくる。

「……さっき、血管が出ないから寝ろって言われたんですけど？」

「そうでしたか。すみません、失礼しました」

穏やかに笑って告げれば、患者は毒気を抜かれたのか、気まずげに視線をそらした。顔色が悪いのは、気分が悪いからというよりは持病のせいかもしれない。

じろじろと峯井を眺めながら、男性患者が唇を尖らせる。

「起きてもいいなら、起きますけど？」

「ああ、はい。楽な姿勢で結構ですよ。左の腕を貸していただけますか？」

「……なんだよ」

よっこいしょ、と彼はひどく窮屈そうに身を起こした。

体格のいい彼にとっては、狭いベッドで寝たり起きたりするほうがよほど面倒な作業なのかもしれない。

まだ一つしか絆創膏の貼られていない左腕に駆血帯を巻き、拳を握ってもらう。

「すみません。じゃあ、失礼しますね」

看護師が苦戦した痕跡の残る前腕にそっと触れる。

相当叩いたり擦ったりしたのか、真っ赤に腫れた腕は熱を持っていた。

「出にくいでしょ、俺の血管。色黒だし」

「肌は別に……でもそうですね。確かに、見つけやすくはない腕してますね」

脂肪が厚く、血管が細く、そしてその血管も深い場所にある。

確かにやりにくい腕ではあるが、世の中にはもっと注射のしにくい腕もあるのだ。彼の腕は決して簡単とは言わないが、まだ可愛いほうである。慎重に指で場所と深さを探り、「ちょっと我慢ね」と言いながら狙いを定めて針を刺し入れる。

「あ」

駆血帯を巻いてからものの三十秒でシリンジに血液が流れるのを見て、男性患者はぽかんと口を開けた。無事成功して、峯井の緊張も解ける。

背後にいた呉村が、お見事、と小さく呟いた。ちょっと得意になってしまいそうだ。

「手、もう開いてもらって結構ですよ」

駆血帯を外すと、男性患者はようやくはっとして顔を上げた。

「すごい、一発で成功することなんてほとんどねーのに」

じゃあやっぱり「一発で決めろ」というのは、難題のつもりではあったのだなと思う。

先程までは陰鬱とした表情だった彼は、笑うと人がよさそうだった。

「しかもあんま痛くなかった！」

「よかった。痛いの嫌ですよね、わかります。俺も注射打たれるの大嫌いですもん」

注射嫌いを共感した峯井に、彼は看護師さんもなんだぁ、と朗らかに笑った。

——確かにやりやすいとは言わないけど、思ったほどの難易度でもなくてよかった。

それはできる人の理屈だと言われることもあるが、ある意味若くて太っている男性のほうが、筋肉や脂肪などで血管が固定されて動きにくいのでコツさえ掴めばなんということはない。

それよりも、抗がん剤を使っている患者や、痩せている高齢者で血管が逃げるタイプの腕のほうがよっぽど刺しにくいものだ。

——だけど、採血室勤務なのにここで躓《つまず》いてるのって、ちゃんと業務できてるのかな？

まだ若いし、修業中ということなのかと首をひねる。

男性患者はシリンジに流れていく血液をまじまじと見ながら、大きく息を吐いた。

「あー、よかったー。実はあんまり信用してなかったんですよね」

素直なその言い方に、峯井はくすっと笑う。

「ああ、じゃあ成功してよかったです」

「だってさっきの看護師さん、ひどいんですよ。俺の腕にぶすぶす刺しといて挙げ句『血管がないんですよー』って」

その発言に、峯井は目を丸くする。ちらと振り返ると、呉村も微妙な顔をしていた。

「ないわけないですねえ」

でしょ!?　と男性患者が少々前のめりになる。

「そんで『血管どこにもないし、あっても細いし埋もれててよくわかんない』って文句ばっかで俺のせいかよって。てか、わかんないなら刺さないでほしいんですけど」

「それは……申し訳なかったです。すみません」

刺す前に言うならまだしも、刺したあとでは言い訳にしかならない。

事実でも、それを本人の前で言っちゃ駄目だろう、と峯井は内心嘆息する。

「いや、看護師さんは悪くないんで。でもさっきの人、俺の腕に針刺したまま中でぐりぐりって血管探ってたんですよ、ずっと。だからもうこの人無理と思って。俺、ただでさえ注射嫌いなのに」

――それで「次に失敗したら許さない！」か。

子供じみている言い分といえばそうなのだが、言いたくなる気持ちもわからないではない。峯井は注射を打つのは得意でも打たれるのは嫌いなので、むしろ目の前の男性患者の気持ちが大いにわかる。だからこそ余計、自分が刺すときはなるべく痛い思いをさせないようにと気を遣ってもいるのだ。

「すみません、痛いのは誰でも嫌ですもんね」

「いやいや、だから看護師さんが悪いんじゃないんで」

最初から来てくれればいいのに、と言う患者に苦笑しつつ、シリンジ一本分の採血を終えて、針を抜く。

絆創膏を留めると、男性患者はありがとうございました、と笑って出ていった。最初の剣呑《けんのん》な表情が嘘のようだ。

峯井が腰を上げたところで、呉村が現れる。

「さっすが採血の鬼。患者さん笑顔で出ていったな」

「だから、誰が鬼だ。そもそもなんで待ってんだよ、サボってないで仕事しろ仕事」

「頼んだ手前、立ち去りにくくて。それに、サボってるって言っても峯井に頼んでから五分くらいしか経ってないし」

「見届人なんていらないよ。サボりはサボりだろ。それより約束どおり一発で終わらせたんだから、メシ奢れよ」

冗談で言ったつもりが、呉村は間髪を容れずに「もちろん」と頷く。笑った呉村に同じように笑みを返すと、その後ろから若い女性看護師が顔を出した。

ネームプレートに長野《ながの》と書いてある看護師は、ぺこりと頭を下げる。細身で目鼻立ちのはっきりした顔の彼女は、少々上目遣いに峯井を見て首を傾げた。

「あの、外科の峯井さん……ですよね？　ありがとうございました」

「いいえ」

「あっ呉村さんも、峯井さんを呼んできてくださってありがとうございました。今日は相方の看護師が休んじゃってて一人で本当に困ってたんです！」

「いーえ。俺はお力になれず」

頭を上げて、彼女はきらきらとした瞳で峯井を見つめた。

「あの、さっきのお話ですけど、是非私に奢らせてください！」

「ええ？　えっと」

既知の間柄である呉村になら冗談交じりに奢れと言えるが、殆ど面識がないといってもいい相手に、注射一本程度で奢れなどとは言えない。

それも、彼女は見るからに年下だ。軽口を本気にされても、と峯井は頭を掻いた。

「別に、気にする必要はないんだよ。今のは冗談だし……」

「そうそう、長野さんが気にすることじゃ」

「――いいえ！」

間に入った呉村の言葉を遮って、長野が首を振る。

「さっきの患者さんには本当に困ってたので、助かりました。ただでさえやりにくい腕なのに、イライラして焦らせてくるし」

長野の言葉にひっかかる部分を感じ、思わず眉を寄せる。

――採血の失敗で困っていたのは看護師じゃなくて患者のほうだと思うけど。

無意識に言っているのかもしれないが、私ではなく患者が悪い、と言っているようにも聞こえてしまう。

先程患者が「俺の腕にぶすぶす刺しといて『血管がないんですよー』って。俺のせいかよ」と言っていた。

「峯井さん、本当にお上手ですよね。太ってる人って、本当に血管出にくくてー」

――この子、本当に採血室勤務なのか？

他の看護師よりも数をこなしているとは思えない発言に、眉を顰める。採血室は注射に関しては精鋭を集めているのだと思っていた。

太っていようが痩せていようが、刺しにくい腕はある。実際のところ、峯井の場合は患者の体型はそれほど気にならない。

相手は同じ科でもなければ、直属の後輩でもない。関わりがない相手だからと抑えようとしたが、つい口を開いてしまった。

「……長野さん？」

にっこりと笑いかける峯井に、呉村が困ったような顔をして頬を掻いた。けれど止める気はないようで、黙っている。

「はい？」

「患者さんの腕、あんなに叩いたり擦ったりする必要はないからね？　正直、あんまり意味ないから。叩くくらいならタオルとかであっためたほうが患者さんにも痛い思いさせずに済むし。――まずは、自主練習しようか？　自分の腕でもできるし、同僚の腕も貸してもらったらどうかな」

飲みに行ってる場合かよ練習しろ、というのを言外に含ませた峯井の言葉に、長野が表情を強張らせる。

若手とはいえ、彼女だって正看護師になって既に年数が経過している。今更採血の練習、などと言われて、納得がいかないと言わんばかりに顔を顰めた。

「わ、私だってできる限りのことはしました。だって今日、看護師は私一人だったし交代もできないし」

採血室は通常二人体制であることが多いというので、一人で業務にあたるのは確かに大変だっただろう。だがそれとこれとは別だ。

「それに、腕じゃ血管出ないから手の甲でもいいですかって訊いたのに、あの患者さんがいやだって言うから」

だから私は悪くない、と言わんばかりの長野に、峯井は内心呆れる。

肘の内側からではどうしても血管がとりにくいという場合は、手の甲や手首、足の甲から採血をする場合も多い。手の甲などのほうが、肘の内側に比べて血管が太く、見えやすいからだ。ただし、肘の内側に比べて神経が多い分、痛みも強い。そして、血管が動きやすく、針から逃げやすいので失敗しやすくもある。

――痛い場所に刺された挙句に失敗しました、って言われちゃ、目も当てられないからだろ。

「最初からあの患者さんが手の甲に刺していいって言ってくれたら、あんなに刺すこともなかったんです」

「……そう」

この子は駄目だ。

そんな思いが顔に出ないように、笑顔を貼り付ける。

「次からは、無理しないで外来から人を呼んできたらどうかな。それか、最初から腕を温タオルであたためたらいいと思うよ。……じゃあ呉村、俺戻るから」

「じゃ、俺も戻ろうかな」

引き止めたそうな顔をしている長野を置いて、峯井は踵を返す。病棟の方向が一緒の呉村も、隣に並び立った。

「流石《さすが》アイドル。そして鬼」

「どういう意味だそれは」

「いやいや。仕事中に頼みごとしてごめんな」

「いーえ。ていうか、そもそも呉村のせいでもないし。そんなことよりも、その『採血の鬼』ってなんだよ」

アイドルというのも不本意だが、採血の鬼もそれはそれで仰々しい。アイドルなのか鬼なのかはっきりしてほしいところだ。

「あれ？　そう聞いてるけど」

「誰から」

「外科からうちに移ってきた患者さん」

「あー……山田さん？」

あの、虫垂炎のあとに病院前で転んで骨折した学生だ。陽気に病棟を歩きまわっているらしいが、余計なことをそこかしこに吹き込まないでほしい。

「なに、彼の担当、呉村なの？」

「そう。偶然にも。で、外科病棟でそう呼ばれてる看護師さんがいるっていうんで聞いてみたら峯井だった。採血やら点滴やらは外科病棟では峯井が『当たり』なんだとさ」

ということはそのあだ名をつけたのは山田ではないのかもしれない。

だったら普通に「注射の上手な人」でいいのに何故「鬼」なのかと少し不満に思いつつ、認められているならそれはそれでいいかと思い直した。

「――で？」

「『で』？」

「いつ、飲みに行く？」

先程の冗談を受けての問いかけに、峯井は目を瞬く。

けれど、今に至るまで呉村と自然に会話ができていたこともあって、峯井は断らずに「今日の夜なら」と返していた。

「峯井、おつかれ」

院内食堂で遅めの昼食をとっていると、既に食事を済ませたらしい呉村が声をかけてきた。その両手には空の食器が載ったトレイを持っている。

彼は峯井の食事のメニューを見下ろし、それから峯井の顔を見る。

「おつかれ、呉村。もう昼休み終わり？」

「うん、お先。――なあ、今日の夜なんか予定ある？　飲みに行かないか？」

「あー……うん、いいよ」

特に予定はないので頷くと、呉村はにっこり笑って「じゃあまた夜に」と言いながら下膳口へと歩いていった。

その広い背中を見送りながら、峯井は日替わりメニューのタルタルチキンソテーを口に運ぶ。咀嚼しながら、またやってしまった、と内心で落ち込んだ。

――今度こそ断ろうと思ったのに。

あの採血室での一件があってから、呉村と二人で飲む機会が格段に増えた。そこに他の職員が交ざることもあるのだが、二人での飲み会が週に一回は行われている。

ずっと避けていたのに、職場が一緒になっても避けようと思っていたはずなのに、必ず対面で食事をする日があるのだ。

十年以上のブランクなどなかったかのように、かつての付き合いと同じように、会話は自然に続いていく。昔話だけでなく、職場が同じで職業も同じとなれば、会話は尽きない。

楽しいなあ、と思って飲み食いし、家に帰ってから「なにしてんだよ……」と自己嫌悪に陥るまでが、このところの流れになっている。

——楽しいとか思ってる場合かよ。そんな資格もないくせに。

十代の頃は、一緒にいるのが苦しくてしょうがなかった。喧嘩別れというよりも、一方的に傷つけて遠ざかり、再会するまでも再会してからも、とにかく呉村に対しては罪悪感のようなものがついてまわっている。

大人になれば、呉村への罪悪感も——恋心も薄れて、いつか普通に謝ることができるかもしれないと、そう思っていたのに。

会ってみたら、全然そんなことはなかった。十年も経っているのに、恋心が薄れてもいなければ、謝ることもできていない。

ただ、大人になって鈍くなることや、隠すことを覚えただけだ。

いつまでこんなふうに付き合いが続いていくのだろうと思う一方で、ずっとこのままでいたいような気もしてくる。

「なに落ち込んでるの？」

「……っ！」

投げられた問いかけに、峯井はいつのまにか俯けていた顔を上げる。

対面には、いつの間に座っていたのか鳥谷野の姿があった。

「と、鳥谷野先生……」

「どうしたの？　この世の終わりみたいな顔して」

昼休みの食堂でそんな絶望的な顔をしていたらそれは気になるだろうと、峯井も思う。

「午前中になんか失敗でもした？」

「いえ、そういうわけじゃ」

「峯井主任に限ってそれはないか。じゃあなに？」

なに、と言われても、と峯井は口を噤む。

人に簡単に打ち明けられるような悩みだったら、十年以上も引きずっていないし、こんなところでさらっと相談できたりしない。

黙っている峯井に、鳥谷野は察したように「まあ色々あるか」と意見を引っ込めた。

「この間もそういう悲愴《ひそう》な顔した看護師の話聞いたよ」

「……はあ」

「なんでも、外科のアイドルに怒られたって」

「……はあ？」

外科のアイドル、というのは不本意ながら自分へのあだ名で、だが怒った覚えがない。一瞬なんの話だと首をひねり、先日の採血室でのことかと思い至る。

あの件から呉村との「友人付き合い」が復活したのだが、そちらのほうはすっかり記憶から消え始めていた。

「別に、怒ってなんていませんよ。採血室のことは僕には関係ありませんし」

部下でもなければ科も違うし、峯井が怒る理由などなにもない。ただ、強いていうなら呆れただけだ。

だが認識に相違があるのか、鳥谷野は首を傾げる。

「そうなんだ？　なんかもう、男性看護師に二人がかりで怒られたって」

「ええ……？」

二人、というのはもちろん峯井と呉村のことなのだろう。彼女の中では二人に怒られたという認識だったのかと呆気《あっけ》にとられる。

「採血室の看護師が患者さんの腕を蜂の巣にしたので、助っ人に行ったんですよ」

「おお……それはなんだか身につまされる話だなあ」

注射を苦手とし散々峯井を助っ人に呼んでいた自覚があるらしい鳥谷野は、胸を押さえて苦笑する。

点滴でも頻繁に液漏れを起こし、師長に「鳥谷野先生はメスだけ握っていればすばらしい腕なんですけどねえ」と溜息を吐かれる具合だったのだ。

ただ彼の場合は初見で無理そうだと諦めると、すぐに峯井や他の看護師に任せていたし、少なくとも失敗を自分の腕ではなく患者のせいにするなどという真似はしない。

「でも、昔はそんなことで呆れたりしなかったじゃない？　でも実は陰でいい加減にしろヤブ医者！　とかってキレたりしてたの!?」

鳥谷野は、だったらそのときに言ってよー、と顔を押さえて首を振る。

「してませんて。……先生とあの子じゃ根本的に違いますよ」

「それって、俺が特別ってこと……？　ごめんよ、君の気持ちに気づけずにいて。しかし俺には別れた妻と子供が」

「……話、まじめにする気あります？」

ぎろりと睨みつけると、そこそこふざけて満足したらしい鳥谷野はどうぞと先を促してくる。

これがなければいい人なんだけどなあ、と峯井は頭を掻いた。

「そうじゃなくて、先生は注射が下手なのはご自分の腕のせいだって自覚があるでしょう。彼女にはそれがなかったので」

「下手ってはっきり言われるとなかなか傷つくなあ。本当のことだけど」

そう言いながらも納得したのか、鳥谷野はうんうんと頷いた。

何度も失敗したのを、自分の腕が未熟なのではなく、患者の体型のせいにした。彼女の腕が未熟な原因も、わかろうというものだ。

「それで、峯井くんたちはご注進してあげたってわけだ」

「だからしてませんよ、そんなこと。自分の部下なら言いますけど、他科の看護師にそんな骨を折るほど僕は親切じゃないです。それに、呉村は傍にいただけでなにも言ってませんよ」

確かに自分は多少きついことも言ったかもしれないが、呉村は完全に無罪だ。

——外科の医師にそんな話が届いてるってことは、相当女性の間で噂《うわさ》されてるってことかな……いや。

「……鳥谷野先生もしかして今、看護師と付き合ってるでしょう」

察して問いを投げてみれば、鳥谷野はご飯茶碗を持ったまま固まった。それからいつもの人を食ったような笑みを浮かべてごまかしにかかる。

「だから噂を聞きつけるのが早いんですね？」

鳥谷野は曖昧に笑って食事を続ける。やれやれと、峯井は息を吐いた。彼の元妻は同じ病院で働いている。だから付き合いはおおっぴらにしないことが多いのだが、それなりに遊んでもいるようだ。

「……別に僕が悪者になるのはいいですけどね、ドクターじゃないですし」

医師は看護師の機嫌を損ねると仕事が円滑にいかなくなる、と言われる。もちろん看護師同士で嫌われても仕事はやりにくいが、外科病棟の同僚からは特にいつもと違った扱いは受けていなかった。そんな噂があることにも気づかなかったほどだ。

けれど鳥谷野は「いやいや」と手を振る。

「別に二人が悪者になってるわけじゃないみたいだよ」

「え、だって僕ら二人が泣かせたみたいな話になってるんでしょう？」

「いや、それが本人の訴えはそうなんだけど、周囲の反応は少し冷めてるというか『それが事実だったとしてそんなことくらいで泣くな』みたいな感じらしいよ」

「はあ……でしょうね」

どう脚色しても、「採血を失敗しすぎた」という根本は変えようがない。そしてあの調子で言い訳をしたら、同情は得られないだろう。

話を大袈裟にしてはみたものの、同僚にはあまり通じなかったようだ。

「それに、峯井くんの人徳もあるんじゃない？　患者さんに対してもだけど、わーっと怒ったりしないでしょ、峯井くんって」

「普通そうだと思いますけど」

そう返せば、鳥谷野はいやいやと苦笑する。

「女性のほうが女性への評価がシビアっていうのもあるし、まあとは彼女本人の性格と、相手がアイドルっていうのも大きいかもね」

「童顔で、未だに新卒に間違われることもありますけど、三十を過ぎてまでのアイドル呼ばわりは正直言ってうすら寒いです。先生」

「いいじゃない、アイドル。俺も言われてみたいなー」

心にもないことを言う鳥谷野を、思い切り睨みつける。

「図々しいですよ。バツイチ四十路《よそじ》のくせに」

「ひ、ひどい……」

よよ、と泣き真似をする鳥谷野を無視して箸を進める。

「うちの子だって峯井くんが初恋なんだよ。二言目には今度峯井くんも呼んでってさぁ」

「莉花《りか》ちゃんお元気ですか」

まだ鳥谷野が既婚者の頃、彼のお宅へ呼ばれていくと、両親に似た賢そうで可愛らしい女の子が「みねいくん」と呼んで懐いてくれたのだ。

彼が離婚してからは、形成外科医である彼の元妻に引き取られたため峯井は会う機会が少なくなってしまった。ただ、鳥谷野の娘は予防接種などを受けにこの病院へやってくるので、そのときに顔を合わせることもある。

「最近、峯井くんと結婚したいとか言い出してるらしくてね……」

「そうなんですか？」

今年のバレンタインデーは元奥さんのほうから「娘から」とチョコレートを受け取ってしまった。子供に好かれるのは嬉しいし、病棟の患者からももらったりするので、単純に喜んでしまったが、男親としては気が気ではないらしい。

「……もしかしたら将来、峯井くんが僕をお義父《とう》さんと呼ぶ日が」

「来ませんって。何歳違うと思ってるんですか」

なによりも、呉村以外を好きになったことはないので明確なことは自分でもわからないが、峯井は女性を恋愛対象や性的対象として見たことがない。

様々な角度から見てありえない話なのだが、鳥谷野は「わからないだろ」と言った。

「二十歳違ったって、余裕で付き合えるし」

「はあ、まあそうかもしれませんけど」

もしかしたら、今それくらいの年の差のある女性と付き合っているのかもしれない鳥谷野は、やけに真剣な表情で詰め寄る。

「……僕のことパパって呼んでみる？」

「呼びませんよ、なんの話してるんですか」

ごちそうさまでした、と手を合わせ、昼食も話も切り上げる。少々前のめりになっていた鳥谷野は、すっと体を引いた。

「それに、結婚なんてどういう理由やタイミングでするかわからないものだしさ」

「そうかもしれませんね。でも、残念ながら予定はないですよ」

言いながらトレイを持って立ち上がる。会釈をして、鳥谷野に背を向けた。

「そうだね。それに、峯井くんはその前に解決しないといけないこともあるみたいだし」

意味深に呟かれた科白に、峯井はつい振り返ってしまった。視線を交わした鳥谷野が、目を細める。

——……俺、鳥谷野先生にどこまで喋ってるんだろう。

泥酔して初恋を引きずっていることは話したらしい。その後もたまに飲みに行くけれど、恋愛の話は避けている。ずっと引きずっている初恋の相手が男で、それが呉村だなんてことが伝わっているはずはないのに、鳥谷野のしたり顔に急に不安になってくる。

――勘のいい人にはわかるくらい、なにかそういうのが漏れてるとか？

だとしたら、周囲だけでなく当事者である呉村にも気をつけて接する必要がありそうだ。

「ねえ峯井くん」

「……はい」

「今度デートしよっか？」

なにを察しているのかと、その表情をうかがってみても判然としない。峯井はもう一度ぺこりと頭を下げてから、踵を返した。


自分の、呉村に対する気持ちがうっすらと滲みでているのかもしれない。それならば、相手と距離を取らないといけないと思うのに、相変わらず呉村との飲み会は続いていた。

同僚とはいつも病院や駅の近くで飲むことが多いのだが、二人だけのときは峯井のマンション近くの店を選ぶことが多かった。

店のセッティングをしてくれるのはいつも呉村で、少しでも帰宅が楽なようにと気を遣ってくれている。

それに、普段みんなとは使わないような店を選ぶので、ちょっと特別な気分も味わっていたりするのだ。

——呉村は別に、そういうつもりじゃないんだろうけど。

今日呉村が予約しておいてくれた店は、マンション近くの蕎麦屋《そば》だった。

店主の趣味で焼酎の種類が豊富で、それに合う料理を提供してくれるし、蕎麦湯割りがまた美味しかった。

「ごちそうさまでしたー」

人の良さそうな店主に会釈をしながら、二人で店の外へ出た。

「すっごい、うまかったー」

「だな。蕎麦そのものがうまいんだろうな、全部うまかった」

締めは香りと風味とこしの強い田舎蕎麦で、そちらもよかったのだが、途中で食べた蕎麦粉のガレットが絶品だった。あれだけもう一回頼もうか真剣に悩んだほどだ。

——マンションの近くにこんないい店があるなんて。

昼営業もやっているようだし、休日にはあそこに行こうと算段をつける。

「あと、焼酎うまかった！　やっぱ俺、飲まず嫌いだったかも」

峯井はビールやワイン、日本酒などはそこそこ嗜《たしな》むが、焼酎だけはあまり通らずにやってきていた。呉村と飲むようになってから、初めて「美味しいかも」と思うようになったのだ。

呉村は「だろ？」と笑った。

「この間『結構いけるかも』って言ってたから、せっかくだし今日は焼酎がうまいってとこにしようと思って。当たりの店でよかった」

それは、わざわざ峯井のために選んでくれた、ということなのだろうか。酒の力もあってか、顔がぽかぽかとあたたかくなってくる。

「――峯井？」

ぼうっと呉村の顔に見とれていたら、怪訝そうに覗き込まれた。

「どうした？　酔ったか？」

はっとして、慌てて首を振る。

「いや、まだちょっと飲み足りないなって思って」

実際は十分足りていたのだが、他に咄嗟の言い訳が思いつかずにそんなことを言ってしまった。

「あー、まあでも料理がうまかったから確かに酒の量いつもより少なかったかもな」

「な？　だよな？」

言い訳を肯定してもらい、うんうんと同意する。

「どうする？　河岸変える？　峯井も明日休みなんだよな？」

「あ、うん」

食事中の会話で、お互いに明日のシフトは休みだということが判明していた。大体は翌日も誰かしら仕事があるので酒量も控えるのだが、二人揃って休みであればその必要もない。

呉村は携帯電話を手に取って、グルメサイトを調べ始めた。

「まだ十時だし、今から入れる店この辺で……峯井、何系がいい？」

酒だけを飲むにしても、チェーンの居酒屋やバーなど、選択肢はいくつかある。酔い始めている頭で考えつつ視線を巡らせ、コンビニに目が留まった。

安く済ますならこれだよなあ、と思いつき、峯井は指をさす。

「ん？」

「店探すのも面倒だしー、うち飲みでもする？」

そう笑いかけて、一瞬で酔いと血の気が引く。

――ちょっと待て。俺、なに言ってんだ。

眼前の呉村は、携帯電話から顔を上げて峯井を見た。

撤回するなら即座にせねばと口を開くより先に、呉村が「お、じゃあそうするか」とあっさりと受け入れてしまった。

――待って。ちょっと待って！

人生において酒で失敗したこともなくはないけれど、間違いなくこれが最大級の失敗だ。今更「やっぱり駄目」とは言えない。呉村はさっさとコンビニに入ってしまい、買い物カゴにビールやサワーをガンガン入れ始めている。

そして「場所を提供してもらうんだから」と止める間もなく支払いを済ませてしまった。酔っているせいだろうか、峯井は行動が遅く、断る手を封じられてしまう。

――いや、今更だよ。こんだけ飲み会とかしといて今更だけど、一応避けようとしてたのに……。

それなのに、何故自宅に招き入れてしまったのだろうと、すっかり酔いの醒めた頭で、峯井は落ち込んでいた。

「おじゃまします」

「どうぞどうぞ……」

１ＬＤＫの部屋は、最近ようやく片付けが済んだところだった。せめて、ダンボールが重なっているところに招くような事態にはならずによかったといいところ探しをする。

「適当に座ってて」

腹はだいぶ膨れているのでチーズや乾き物だけを用意する。振り返ると、呉村はリビングのソファではなくカーペットに座り、ソファテーブルに酒を並べていた。

峯井も併せてソファではなくカーペットに腰を下ろす。

「ソファに座ればいいのに」

「テーブルが使いづらいだろ」

「わからんではない」

そんな会話を交わしながら、互いに手に取った缶をこつんとぶつける。

「いい部屋だな」

「どうも。男子寮古いもんね」

かつて住んでいた寮なので、どんなものかはわかっている。

そこから寮に対する愚痴や、仕事の話、それから世間話や昔話など、いつもと同じように喋り続ける。

自宅という空間にいるからだろうか、今までよりも更に、「友達付き合い」という感じがして、それがかつての記憶や心情と重なる。

――やっぱり、呉村といると楽しい。

十代の頃の気持ちが蘇る。

楽しく会話をしながらもちょっと切ないものが胸をよぎるのは、そのときの思いが重なっているのかもしれない。

「――っと、そろそろ帰るわ。0時過ぎた」

会話が途切れたところで、呉村が携帯電話を手に言う。

「え、もうそんな時間？」

男子寮は、病院の最上階のフロアにあることや、男性のみが居住しているということもあってか、女子寮よりは規則が緩い。

あってなきがごとしだが、準夜勤が戻ってくる午前一時頃が一応の門限となっている。だが外出届などを出す必要もないので、朝になろうが家をあけようが咎められることはない。

男子寮に十年住んでいた峯井はその事情を知っているので、首を傾げる。

もう少しだけでいいから、呉村と話していたい。あと少しだけ――。

「……泊まってけば？　明日休みなんだろ？」

一緒にいたいという気持ちから、ぽろりと零れた言葉に呉村が目を瞬く。

――あっ。

また同じ過ちを繰り返してしまった。そしてまた、撤回するより早く、呉村が「いいのか?」と問い返してくる。

そう返されたらやっぱり駄目とは言いづらい。

「……うん、いいよ。布団ももう一式あるし」

今更駄目なんて言えないし——と自分に言い訳しながらも、本当は呉村を引き止めたいとい
う気持ちが勝っていることは自覚していた。

自分で思っているよりも、酔っているのかもしれない。鳥谷野との件で酒量には気をつけて
いたつもりだったのに、今日はやけに口が滑る。よろよろと立ち上がり、寝室へと向かった。

クローゼットから、客用の布団を一式取り出す。後ろについてきていた呉村がそれを受け取
り、手早く床に敷き始めた。それを眺めながら、峯井はベッドに腰を下ろす。

——リビングに寝てもらおうと思ったけど……まあ、いっか。

急に立ち上がったせいか酔いが回り、峯井はそのままベッドに横臥《おうが》する。気分は悪くない。

むしろふわふわして、いい気分だ。

瞼《まぶた》を閉じたら、肩を揺すられた。

「峯井、……風呂は？」

「……明日の朝でいい。入ってもいいよ、呉村」

タオルも着替えも適当に使って、と言うと、呉村はわかったと部屋を出ていった。

それから数分後、部屋にシャンプーとボディソープの匂いが漂ってきて、落ちかけていた意識がほんの少し浮上する。呉村がシャワーを浴びてきたのだろう。

「峯井、寝るならちゃんとしろって」

「んー……」

はあ、と溜息が聞こえたあと、ボディソープの匂いが濃くなる。患者がされるようにベッドの上を移動させられ、布団の中に入れられたのだと、夢うつつに思った。

「この酔っ払い」

「酔ってません」

はっきりと反論しながらも目を開かない峯井に、呉村が笑う気配がする。

「……結婚……」

ぽつりと聞こえた言葉に、峯井は「なに？」と問うた。数秒の間のあと、「起きてるのか？」と返される。

「起きてるよ」

そう答えたところで、峯井の意識はすとんと夢の中に落ちていった。

「峯井」

名前を呼ばれて振り返ると、呉村が立っていた。

彼はまったく着崩さずに制服を着ていて、手には卒業証書を持っている。

この場面は、知っている。呉村は、黙って進路を変えて、それを報告もしなかった薄情な親友を問い詰めるのだ。「なんでだよ」「なんで言ってくれなかったんだよ」と、泣きそうな顔で問う。

「……峯井」

けれど、呉村は優しく峯井を呼んだ。微笑んでさえいる。

戸惑う峯井の手を取り、互いの指を絡めた。

手を繋いだり肩を組んだりしたことはあったけれど、こんなふうに触れたことはない。想像でさえ、したことがない。

もう一度顔を見返すと、先程まで高校生だった呉村は、今の呉村になっていた。白衣をまとうその姿は、最近見慣れたものだ。

呉村、と呼ぶも、彼は応えない。次第に彼の顔が近づいてくる。

「……っ、……」

唇に、柔らかな感触がした。

かつてよく見た夢だ。あまりの懐かしさに、峯井は笑ってしまった。

夢の中の呉村は、笑うのを咎めるように峯井の顎を押さえる。そして、口を微かに開かせて、口腔内に舌を差し込んできた。

「つ、くれむ……」

うるさいとばかりに、キスが深まる。繋がれていない方の手で押し返そうとしたが、その手も同様に押さえこまれた。

「ん、ん」

両手に重なった呉村の手を握ると、優しく握り返された。たったそれだけで幸せな気持ちに満たされて、抵抗もなくキスを受け入れる。

慣れない峯井の舌を、呉村は愛撫するように絡め取った。


少々重い瞼を開くと、目の前にはいつもどおりの真新しい天井が見えた。

一瞬状況を把握できず、ゆっくりまばたきをする。身を起こし、部屋の隅に畳んだ布団が一式あるのを見て、意識が覚醒した。

「……あれ？」

ベッドから下り、ドアを開いたら味噌汁の匂いがした。

「お。起きたか？　おはよう峯井」

「おはよ……？」

キッチンに、呉村が立っている。状況が飲み込めずにいる峯井に、呉村は「シャワー浴びてくれば？」と言った。

こくりと頷いて、風呂場へと向かう。まだ半分眠っている頭にシャワーを浴びていたら、徐徐に頭がはっきりとしてきた。

――えーと……。

昨晩は、終業後に二人で飲んでいた。そして峯井の家へ移動し、二次会をしたあと就寝した。順序だてて記憶を掘り起こし、眉根を寄せる。

――俺は、また同じ過ちを……。

友達付き合いが楽しいと、友達としてならうまくやっていけるかもしれない、と思った矢先に、かつてのようにキスする夢を見るなんて。しかも――。

――子供の頃と、全然……全然違った……。

口元を押さえ、自己嫌悪と羞恥に峯井は赤面する。

ただ触れるばかりだった十代の頃と違い、昨晩の夢は凄《すご》かった。経験値を積んだというよりも単に耳年増なだけだが、それでも子供の頃とは知識量が違うせいだろうか、随分進化していた気がする。

たまらず、峯井はしゃがみこんだ。

――俺の妄想力って……。

舌や口蓋を舐められた感触が蘇って、背筋がぞくんと震える。

振り切るように頭を振って、峯井はシャワーを浴びて浴室を出た。

「おかえり」

「ただいま……」

リビングのソファテーブルの上には、おにぎりと味噌汁、そして卵焼きが鎮座していた。

「朝飯……作ってくれたのか。あれ、でも卵なんてあった？」

「いや、なかったからコンビニまでひとっぱしり。調味料とか材料とか使ったけどよかったか？」

「あ、うん。全然。ありがと」

タオルで頭を拭きながら、昨晩同様にカーペットの上に腰を下ろした。対面に呉村も座った。

互いにいただきます、と手を合わせる。

まず最初に、おにぎりへ手を伸ばした。大きなおにぎりの中身は、鮭の切り身だった。これもコンビニで買ってきたようだ。

「美味しい。……すごく久しぶりだ、呉村のおにぎり。やっぱり、美味しい」

噛みしめるように素直に感想を口にすれば、呉村が微笑んだ。

当然のように味は変わらない。呉村の家に泊まると、朝食は必ず大きめに握られたおにぎりだった。

味噌汁は、冷蔵庫にあった玉ねぎとじゃがいもを使ったようだ。なんだか久しぶりに自宅で味噌汁を食べた気がする。自炊自体はするのだが、味噌汁は一人分だけというのが面倒で、しばらく作っていなかった。

卵焼きは甘くない味付けで、塩味の中にほんの少しマヨネーズの匂いがする。

「これも美味しい。マヨネーズ入ってるの？」

「マヨネーズを入れるとふわっとするし、冷めても硬くならないから」

「へー。うまいね」

これも、時間差で食べることが多い家族のことを考えて作っていたものだったのだろうか。

食事の感想や何気ない会話を続けながら、どんどん気が重くなってくる。呉村が普段通りであるほどに、昨晩、自分が見た夢への罪悪感が募った。

そんなことを考えながら味わっていると、呉村がじっとこちらを見ていることに気づく。

「なに？」

怪訝に思って問うと、呉村は脈絡もなく「結婚」と呟いた。

「――えっ、呉村結婚すんの⁉」

思いもよらなかった言葉に、つい大きな声を上げてしまう。慌てて口を噤み、今のは友人の反応としてセーフかどうかがぐるぐると頭を巡った。

冷や汗をかく峯井に、呉村は苦笑して首を傾げる。

「いや。もし結婚したらこういう感じなのかと思って」

「ああ、そういう……？」

――いや、それはそれでどういうことなの？

自分が思っていたのとは違ったことに安堵した一方で、発言の意味を測りかねて結局は困惑したままだ。

――特に意味はないの？　それとも、男同士の朝の食卓でそんな感想が出てくるのは実際結婚するからとか結婚したい相手がいるからとか、そういう具体的な予定があるからなの？　なんなの？

胸にうずまく疑問を本人に質《ただ》すことはできなくて、かぶりついたおにぎりとともに飲み下す。

「なあ、今度は峯井が朝飯作ってよ」

「うん。……え、あ、うん」

考え事をしていたせいで反射的に頷いてしまい、慌ててしまう。

そうして、すぐに自戒した。また同じ過ちを繰り返すのかと、既に繰り返し始めているような気はしていたが頭を抱えた。

峯井の懊悩《おうのう》など知る由もない呉村は「じゃあ約束な」とやけに嬉しげに言う。

十代の頃よりは大人になったぶん嘘はうまくなったかもしれないが、辛さが軽減されるわけではない。

「俺はいまでも、峯井の作ったオムレツの味が一番好きだな」

卵料理の中では、という注釈付きだと頭ではわかっているのに、「一番好き」という言葉に、心が震える。

その半面、このままではせっかく十代の自分が隠した気持ちが呉村にばれるかもしれない、という危機感に襲われ、峯井は痛み始めた胸を押さえた。

「峯井主任、点滴終わったらさくっと帰りなさいよ。もー、不養生なのは医者だけで十分なんだからちゃんとしてよね」

「……面目ないです」

年嵩《としかさ》の同僚に叱責混じりに言いつけられ、ベッドに横になりながら峯井は苦笑する。

先日自宅で交わした呉村との遣《や》り取りは、峯井の胸の奥に過度な不安感やストレスのようなものを与えて渦巻いていた。

不快感は胃痛に変わり、連日峯井を苛《さいな》んでいる。

今日は朝からキリキリと胃を締め上げており、終業後も治まる気配を見せなかった。仕事は根性でなんとかこなしたものの、顔色が悪いと患者にまで言われる始末だ。

仕事中に飲んだ胃薬は効かず、申し送りを終えたあとにナースステーションの陰で書類をチェックするふりをしながらしゃがみこんでいたら、準夜勤の同僚に見つかって休憩室に叩き込まれた。

——夕飯、面倒だな。

横になると少し楽になって、深く呼吸をしながら目を閉じる。鳩尾《みぞおち》をさすりながら呉村のことを思い出すと、治まりかけた胃痛が首を擡《もた》げた。

「……痛い……」

堪えるように瞼を伏せたら呉村の顔が浮かんで、峯井は眉を寄せる。

だが、一方でほっとしている自分もいた。

――これで、今日のところは嘘を吐かなくてもいい。

先日の飲み会から、呉村はますます積極的に峯井を誘ってくるようになった。どちらかが夜勤や準夜勤のときを除けば、必ずと言っていいほど「飲みに行かないか」「飯でも行こう」と誘ってくる。

昔はあんなに仲が良かったのだ。無邪気に旧交をあたためているつもりなのかもしれないが。

峯井はそれを、なにかしらの理由をつけて避けていた。避ける自然な理由がどうしても思いつかないときは、別の同僚を誘って二人きりになるのを避けている。

――だけど、今日は「具合が悪いから家で休む」って言える。

手の甲を瞼の上にのせて、峯井は息を吐いた。

点滴が落ちるのをただひたすら待っていると、ふと足音が近づいてきた。誰か休憩室にやってきたのだろうかと考えていたら、カーテンが揺れる気配がする。

「峯井――」

低い声で名前を呼ばれ、峯井は顔の上にのせていた手を外した。

「――くん、具合はどう?」

カーテンが開いて、その向こう側にいたのは呉村ではなかった。

「……鳥谷野先生。どうしたんですか、こんなところに」

「どうしたって、峯井くんを心配してきたんだよ。なんせ、うちのお姫様の婚約者だもの」

冗談めかしてそんなことを言い、鳥谷野が点滴の目盛りを確認する。

「お婿さん候補の心配くらいしますよ。で、貧血だって？」

「最近、胃が痛くてあんまり食事が取れなかったんです。あと寝不足で」

「おやまあ。この仕事は体が資本なんだからちゃんと寝てちゃんと食べないと。……とはいっても、忙しいからこそできないってときもあるけどね」

まあ若さでなんとかなるでしょ、といい加減なことを言う鳥谷野に、笑ってしまう。

「それとも、激務とは別に、なにか悩み事でもあるの？」

「――」

恐らく深い意味はなかったであろう科白に、思わず固まる。鳥谷野は峯井の反応を見て、目を丸くした。

「……あ、本当にそうなの？」

「いや、あの……」

「僕でよければ話を聞こうか？」

仕事関係の悩みならばともかく、恋愛の、しかも一方的に燻らせている想いの話などされても困るだろう。

——男が恋愛の悩みで体調崩すなんて、呆れられる。

女性ならばいいという話でもないだろうが、医師に相談するのは流石に憚《はばか》られる。

逡巡する峯井に、鳥谷野は「なんでもいいから話してみなよ」と優しく声をかけてくれた。

「相槌《あいづち》がいらないなら、僕をぬいぐるみかなんかだと思えばいいし」

ベッドの前の丸椅子に腰かけながら、鳥谷野が笑う。

その提案はどうなのかと、小さく噴き出した。

「僕、ぬいぐるみに話しかける趣味はないですよ」

「じゃあ壁。相槌を打つ壁だと思って」

そんな無茶なと笑ったら、鳩尾の奥の強張りがほんの少しだけ解ける気がした。

「話を聞いたらきっと呆れますよ、鳥谷野先生」

「呆れないよ、僕は壁だからね」

あくまでその設定を貫こうとする鳥谷野に、峯井も乗ることにした。

「好きな人が、いるんです。ずっと……ずっと好きな人が」

その事実自体を意識的に口にするのが初めてで、ただそれだけで声が上ずった。息苦しくなってきて、峯井は唇を噛む。

壁を自称していたはずの鳥谷野が、「告白したの？」と促した。

深呼吸をして、頭を振る。

「いえ。……僕がそんなふうに思ってると知ったら、きっと怒ると思います。いや、怒らないかな。多分、傷つけてしまうから」

せめて、呉村が結婚するまでには、友達として笑ってあげられるようにならないといけないのに。

それはわかっているが、呉村が傍にいると駄目なのだ。

どうして呉村は、また自分の前に現れたりしたんだろう。卒業式を最後に、あのまま離れているべきだったのに。

「諦めたつもりだったんです。……でも、諦められてなかった。自分のしつこさが、嫌になります」

お互いに違う職場で、遠いところで暮らしていれば。

実家に帰ったときにでも、ついでのように「結婚したんだって」と聞かされたのなら、よかった。

昔と同じように、また諦めがつかなくなっている。物理的に近づいた距離のせいで心の距離まで詰めてしまったせいだ。

そこまで思い巡らせて、自嘲する。

一縷《いちる》の望みもないのに、諦めるもくそもない。諦めざるをえないだけだ。

選択肢など、自分にはない。

それなのに、呉村が傍にいるから、彼を想う気持ちが止まらない。そして、結婚の可能性を示唆した呉村に、こんなに傷ついているくせに、どの口が「諦めた」だなんて言えるんだろう。

峯井は奥歯を噛み締め、ぎゅっと眉を寄せた。

「それは、どうしても諦めないといけない相手なの？」

「どうしてもです。……絶対、駄目なんです。じゃないと俺」

また同じことを繰り返してしまう。傷つけて、逃げて、後悔して。

「どうやったら、諦められると思いますか。鳥谷野先生」

「さあ、僕、好きな人を諦めたことないからなぁ」

ぐずぐずと愚痴る峯井に呆れたりせず、鳥谷野は峯井の胸の上あたりを優しく撫でた。疼痛《とうつう》を訴え続けていた箇所が、掌のあたたかさにほんの少し和らぐ。

「手当て」というように、人の掌には痛みを緩和させるような力があるようで、峯井もときおり患者に請われてただ撫でるときがあった。

それなりの意味はあるんだなあと実感していると、再び、今度は大きな足音が近づいてくる。

「――峯井！」

ばたんと大きな音を立てて開いたドアに、峯井と鳥谷野は揃って視線を向けた。既に私服に着替えた呉村が立っている。

「呉村」

「呉村くん、どうしたの？」

呉村は答えずに、じっと鳥谷野の手を見ていた。鳥谷野は峯井と呉村の顔を見比べ、それから立ち上がった。

「じゃあ、僕はこれから医局に行くから、もしなにかあったら呼んでね」

「あ、はい」

「あとよろしくね、呉村くん」

鳥谷野が肩を叩くと、呉村は「別に先生にお願いされることじゃないので大丈夫です」と彼らしくない慇懃無礼《いんぎんぶれい》な言い方をする。鳥谷野は気にしたふうでもなかったが、峯井のほうがびっくりしてしまった。

ドアが閉まり、呉村が椅子に乱暴に腰を下ろす。身を起こそうとしたら、呉村の掌に押し返された。

「馬鹿、具合悪いなら寝てろよ」

先程鳥谷野が撫でていた箇所に、今度は呉村の手が重なった。

鳥谷野に触れられたときと違い、胸が騒いでいたたまれない。これ以上触られ続けたら、心臓が激しく騒いでいることに気づかれるかもしれないと不安になり、呉村の手を外す。

「大丈夫。点滴が終わったら帰るし」

呉村は輸液ラインを確認し、「あと十分くらいか」と言って立ち上がった。それから無言で立ち去る。

急にいなくなったことに驚きながらも、緊張感が薄れたのも本当で、膝を抱えて溜息を吐いた。早く帰ろう、と膝頭に頭をのせてぼんやりしていると、再び足音が近づいてくる。

「峯井、着替え持ってきた」

「えっ……」

再登場した呉村は、両手に峯井の分の着替えと荷物を抱えている。

「あと、家まで送る」

「……別に大丈夫だよ一人で。平気、帰れる。点滴一本打ったから元気だし」

だからむしろ遠慮したいんだが、という言葉を飲み込んで固辞する。

呉村はじっと峯井を見下ろして、点滴と繋がっているほうの腕を取った。ずいっと迫ってきた呉村に息を呑む。

「――いいから、担ぎ上げられたくなかったらおとなしく言うこと聞け」

そう言うなり針を外し、諸々《もろもろ》を片付け始める。

――担ぎ上げるって言った？　え？

聞き間違いかと困惑しつつ、呉村の背中を見ながらのろのろと着替えを済ませる。脱いだ白衣を手に、呉村はまた休憩室を出ていってしまった。

――今のうちに帰る？　いや、でもここでなにも言わずに帰るのはあまりに失礼だよな？　ていうか、呉村も荷物置きっぱなしだし。

どうしようかとまごついている間に、呉村が戻ってきてしまう。

彼は自分と峯井の荷物両方を持って、「帰るぞ」と促した。

「呉村、俺一人で帰れるって。なあ」

後ろから呼びかけるも、呉村は振り返るどころか反応すら返してくれない。小走りで追いかけて職員玄関を出ると、そこには既にタクシーが止まっていた。

まさか、と思うのと同時に、呉村は二人分の荷物を後部座席に放り込んでしまう。

もはや抵抗する気も殺《そ》がれ、それ以上無駄な抵抗はせず、呉村とともにタクシーに乗り込んだ。

歩いて五分ほどの距離なのに、躊躇《ちゅうちょ》したものの、やはり楽ではある。大した重量の荷物ではないが、呉村が持ってくれたので更に負担は少ない。

タクシーを降りて、じゃあここでと言おうとしたのに、呉村がてきぱき仕切って峯井を部屋まで連れていってくれる。

——避けてたのに……。

気づけば呉村を再び自宅に招き入れてしまっていた。けれど働かない頭で考えるのはやめにして、ふらふらと寝室へと向かう。

「峯井、飯はどうする？　食えるか？」

いらない、と返事をして、ベッドに倒れ込んだ。点滴のおかげで多少元気にはなっていたが、胃痛は治っていないし、若干目眩《めまい》もする。

「峯井？」

「……いい。俺、このまま寝るから」

「え？　峯井」

なにごとか話そうとした呉村を置いて、布団をかぶって丸くなった。

「峯井」

布団の上から、呉村の手が触れてくる感触がする。

「ちょっとでも食べたほうがいいんじゃないか」

「胃薬だけでいい。点滴でもう腹いっぱい」

「おいおい」

腹は膨れねえよ、と言いながら、呉村がぽんぽんと腰のあたりを叩く。

あやすようなそのリズムが心地よく、一方で余計に胸が苦しくなった。こんなふうに優しくされると、やっぱり嬉しいと思ってしまう。また、諦めがつかなくなる。諦めなければと苦しくなるのに。

振り払うこともできないくせに、それに甘えてしまうから、もうやめてほしい。

「峯井」

呉村の手が、不意に止まる。

「……なにか、俺に言いたいことがあるんじゃないのか」

探るようなこともなく直截《ちょくせつ》に問いかけられた科白に、血の気が引いた。

「なにかって……」

身構えていなかったぶん尚更《なおさら》動揺して、声が上ずった。布団をかぶっていて互いの顔は見えないけれど、この狼狽ぶりは伝わってしまう気がする。

大きな鼓動が耳に響き、峯井は身を震わせた。峯井、と再び名前を呼ばれ、体がびくっと強張る。

「——それとも、鳥谷野先生と、なんかあったのか？」

「と、鳥谷野先生？」

けれど、予想していたのとは違う問いに、目を瞬く。

何故ここで鳥谷野の名前が出てくるのだろう。

脈絡がよくわからず、黙り込んでいると、布団を思い切り剝ぎ取られた。

「うわぁっ」

布団に摑まっていたせいでベッドから転がりそうになる。呉村が慌てて支えてくれたので、なんとか体勢を立て直せた。

呉村は峯井の肩を摑み、顔を覗き込んでくる。至近距離にある好きな男の顔に、当惑した。

睨むように見つめる呉村は、やがて苦々しげに口を開く。

「まさか鳥谷野先生に……なにか、されたのか？」

「——は？」

なにかって、なんだ？

やはり予想していなかったことを問いかけられて、首を傾げる。

「あの人、前々から変だとは思ってたけど、まさか……」

鳥谷野としていた会話を聞かれたとか、そういうことではないようだ。

けれど、問いの意味がよくわからなかったのでなにも言わずにいると、呉村が検分するように表情をうかがってくる。

「……呉村？」

眼前の呉村は不満げに唇を引き結んでいる。

彼は、怒っている。その事実はわかるのだけれどその原因がわからなくて、峯井は困惑した。

「なにかって、鳥谷野先生が俺になにするっていうんだよ？」

意図が摑めずに逆に質問を返すと、呉村がぐっと言葉に詰まる。

「あの人、若干悪ふざけするし冗談言いまくるような人だけど、別になんか嫌なことする人じゃないよ」

「……そういうことじゃねえよ」

「じゃあなんだよ。なにを想定してたんだよ、さっきの質問」

やけに鳥谷野にこだわる呉村を怪訝に思う。

峯井と鳥谷野の間にはなにもないが、やけに警戒している様子から察するに、呉村との間にはなにかあるのだろうか。

要領を得ない会話に、互いに苛立ちが募ってくる。

「俺と鳥谷野先生になにかあっても、呉村には関係ないよ」

もう子供じゃないのだから。

なにか心配してくれるのはありがたいけれど、この年になって友人に必要以上の面倒を見てもらう理由はない。

友人以上になれもしないのに、変に期待をもたせるようなことはやめてほしかった。

「……呉村？」

突き放すような物言いに、「心配しているだけだ」と怒られるかと思っていたが、想像と違う反応が返ってくる。

呉村は、ぎゅっと唇を引き結んだまま、峯井を見下ろしていた。

「やっぱり、駄目なのか」

呉村は、峯井に聞かせるでもなくそんな科白を口にする。

「駄目って、なにが――」

射竦めるような強い視線に、峯井は困惑する。その瞳が泣きそうに見えて、ますます狼狽させられた。

「呉村？　なに、どういう……、っ」

手首を掴まれ、骨が軋むのではないかと思うほどの力の強さに、顔を顰める。

「ちょっと、痛いって、なあ呉村」

なにが彼をこんなに怒らせたのか、まったくわからない。

口には出さなかったが表情で読み取ったらしく、呉村は歯嚙みする。

「男だから駄目で、だから逃げたんだろ」

唐突にぶつけられた言葉に、息が止まる。

「っ、なに、それどういう……」

今まで触れずにいた気持ちを暴かれるのかと、背筋が震える。どうにか言い訳せねばと、うまい理由も思い至らないまま焦って口を開いた。

「呉村、なに言って」

——知ってたんだ。

呉村は、峯井の気持ちを知っていた。だから逃げた、とはっきり口にしていた。

もはやごまかしても無駄なのだろうことはわかって、でも、素直に認める言葉も出ない。この期に及んで、もしかしたらまだなかったことにできるかもしれないと思っている己が馬鹿みたいだ。

「……どうしたらいいんだよ。俺が、女と結婚したらいいのか」

「はぁ!?」

何故そんな結論に至るのか。まったく脈絡もないことを言う呉村に、思わず叫んでしまった。

——そんなわけないだろうが。邪魔できるものなら、してやりたい。でも、そんなことされたら困るくせに。

結婚だけじゃない。呉村が女と付き合うのだって、本当は平気なんかじゃなかった。

正直にそんなことを話すわけにいかないから、友達らしい言葉を無理に言っていたのに。

「わけわかんないよ」

思わせぶりなことを口にするくせに、そこに友情以上の意味なんかないくせに。

「なに言ってんだよ、呉村」

仲のいい友人として峯井を扱ってくれるのは嬉しい。けれど、扱いに困ったからといって安易に結婚を選ぶというのだろうか。

——呉村が結婚してくれたら、そうしたら俺だって確かに諦めがつくのかもしれない。

でも、諦めさせるために女性と結婚しようというのか。

そんなことを言うような男じゃなかった。だけど、そうさせたのが自分だというのなら、やっぱり峯井は自分のことが嫌になる。

「……結婚したらいいのかもなにも、それは呉村の判断だよ。俺には関係な——」

精一杯捻《ひね》りだした科白の途中で、不意に肩を摑まれる。どうしたんだと問うより先に、思い切り突き飛ばされた。

「――ッ」

受身もとれずに後方へ倒れ、背中を強く打った。

衝撃に咳《せ》き込みながら身を起こそうとしたが、肩を押さえつけられる。

「な、に」

黙ったまま見下ろす呉村の瞳は、憤っているようにも悲しんでいるようにも見えた。

けれどその理由が知れず、動揺する。

無意識に後退ったが、体重をかけてのしかかられて阻まれた。

なんでそんなに、怒っているんだ。

声に出さないまま震えて見上げていると、呉村の手に力がこもる。

「なんでだよ……っ」

「……ッ」

肩に、呉村の指が食い込んだ。

反射的に、引き剝がすように手をかけたが、呉村の力は緩まない。

「痛い、呉村」

呉村が顔を歪める。

まるで、峯井が下手な言い訳をしていて、それにひどい憤りを覚える。そんな顔だった。

「……俺は、ちゃんと友達だっただろ。なんで急にそういうこと言うんだよ」

「呉村、どうしたんだよ。さっきからなに言ってんの、お前」

まったく会話が嚙み合っていない。

それなのに、言葉を発すれば発するほど、呉村の怒りが増殖していく気がした。

呉村はのしかかったまま、峯井を睨みおろす。

「じゃあ訊くけど、お前こそ今までどういうつもりで俺の傍にいたんだよ」

「どういうって」

自分で思っているよりもひどく緊張していて、喉が震えた。

「どういうつもりで、俺を傍に置いてたんだよ!?」

上から怒鳴りつけられて、身を強張らせた。

「……どういう、って」

覚えず乾いていた喉のせいで声が上ずり、唾を飲み込む。

「どういうつもりもなにも、呉村は、同僚だろ」

峯井の意志はそこに介在しない。互いに近くにいるのは、同じ職場で、同じ職業だからだ。

それが最たる理由のはずだ。

たどたどしく口にした理由に、呉村が舌打ちする。彼の手は力が入りすぎて、微かに震えていた。

なにをそんなに、怒らせてしまったのだろう。

本当に思い至らず、ただ自分の上に乗る友人に言いようのない恐怖を感じて顔をそらした。

「……っ」

けれど、乱暴に顎を掴まれて視線を強引に引き戻される。

「友達だったら、いいんだろ？　友達だったらよかったんだろ？　友達でいたら、許してくれるんだろ？」

「なに言って——」

「……俺、ミスした？　いつ失敗した？　なにが、駄目だった？」

「呉村、なあ、聞いて。俺、お前がなに言ってるのか、わかんないよ」

だから答えられない。ただ震えて呉村を見上げるしか、峯井にはできない。

呉村の唇が笑みに歪む。

「駄目もなにも、ねえか」

「なに……？」

「最初っから、友達なんかじゃねえもんな」

衝撃的な言葉に息を呑む。

反論することもできず、ただ呆然とする。

露悪的な表情をする呉村を見るのは初めてで、峯井は言葉を失った。

「お前だって、本当はずっと知ってたくせに」

「――！」

唇が、強引に重なった。

「や、め……ん」

閉じかけた唇を、無理やりこじ開けられる。

食らい付くような口咬に、息ごと奪われた。

「つあ……ぅ」

大きく開かされた口の中に、呉村の舌が差し込まれた。

上顎を舐められ、体が震える。呉村は逃げた峯井の舌を咎めるように吸い上げた。

応えなければ許さない、とでもいうような深いキスに、峯井は身を震わせる。

「ん、ん……んんっ？」

いつの間にか腰のほうまで回っていた手が、峯井のボトムの中に差し込まれた。

素肌に触れてきた呉村の手は思いのほか熱く、体がびくりと跳ねる。

「……っ呉村、おい、ちょっと、ど、こ、触って」

舐められ続けていた口を無理やり引き剥がして訴えたが、呉村は答えようともせずに峯井のボトムを下着ごと引きずり下ろした。

外気にさらされた下肢に、頭に血が上るような、一気に下がっていくような、不思議な感覚に目が回る。

「ちょ、待て……洒落《しゃれ》にならない、からっ」

目の前の厚い胸板を押し返すも、抵抗を無視して触れてきた手に力が抜ける。

「や、嘘……っ」

根元からするりと撫で上げられた瞬間、濡れた音がして頬が熱くなった。

――好きな男にキスされたら、反応したってしょうがないだろ……っ！

口にすることすらできない言い訳を心中で叫ぶ。

「わ、あ、あ……」

ぬるぬると、呉村の指が滑る。呉村の手で触られていると思うだけで、爆発してしまいそうだ。

――なんで、なんでこんなことに……！

「ふ、……っぁ、あっ、あっ」

しごき上げられる度に漏れる声が恥ずかしくてたまらない。

「呉村、いやだ、呉村……っ」

いやだと言いながら、請うような響きを持つ自分の声が響く。甘えた声が出ることに、絶望的な気分を味わった。

「やめろって、やだ、やめろ……！」

いたたまれなくなっていると、脚に呉村の下肢がぶつかる。

硬く熱を持った部分が、偶然かもしれないが峯井の腿《もも》に擦りつけられた。

「……っ！」

抱いたのは羞恥か、興奮か、いたたまれなさか、それとも全部かわからないが、目眩がする。

「や、あっ……！」

先端に爪を立てられ、その瞬間堪えていたものが弾けた。

「あ、あ……」

目の前の肩を必死に押し返していたつもりが、いつの間にか縋るように呉村のシャツを握っていた。

慌てて手を離すのと同時に、震える内股に呉村の手が這《は》う。そんな接触すら感じてしまって
峯井は袖口を噛んで声を堪えた。

ようやく快感の波が引いた頃、呉村がゆっくりと身を離した。

腰を抱かれ、いとも簡単に持ち上げられて、ベッドに座らされる。

「……」

呉村は、汚れた峯井の下肢を手早く清めていく。

ぼんやりと見ていたら、視線が交わった。

呉村の瞳に自嘲的な笑みが乗る。だがすぐに伏せられた。

「……最悪だ」

「――」

十数年ぶりに聞いた言葉に、心が冷える。

期待していなかったわけじゃない。こんなふうに触れられて、少しでも期待しなかったといったら嘘になる。

最悪だ。

だけどその言葉が、過去の同じ科白と重なって、峯井の心に突き刺さる。

急速に冷えた心が、ぱきんと割れた気がした。

呉村が無言のまま立ち上がる。あまりのショックに表情すら変えられない峯井の顔を一瞥《いちべつ》し、顔を背けた。

リビングを出て玄関に向かう呉村の背中は目に入っていたけれど、追いかけることすらできない。

音を立てて玄関が閉まるのと同時に、峯井もベッドへ沈んだ。

真っ白になった頭に思考が戻ってくるまで、ただじっと天井を見つめる。

何分経ったか、それとも何時間経ったのかわからないが、ようやく考える隙間が頭に生まれたが、代わりに今起こったことが現実なのかどうなのかも、わからなくなった。

——最悪だ。

最後に吐き捨てられた科白が、鼓膜に刺さったまま抜けない。そうだな、と峯井も頷いた。

何度も心中で繰り返し、痛覚に鈍感になっていた心は、ようやく自分が傷ついていることに気がついた。

邪な思いが見透かされたのだろう、きっと。

頑張って頑張って、友達を演じたつもりだったのに、隠しようもない嫉妬がばれたのかもしれない。

——再会してからずっと、呉村は「友達」でいようと努力してくれてた。

思い至る点はいくつもある。

逃げたことを咎めもしなかった。一緒にいようと努力してくれていた。呉村はずっと、優しかった。

友達付き合いを続けていれば、峯井が恋をする前の関係に戻れるのだろうと思っていたのかもしれない。

そう思うと合点がいって、おかしくなった。

——でも、無理だったんだな。

峯井が友達でいようとしたから、傍においてくれていたのだ。

辛かったけれど、それでも昔みたいに一緒にいられるのは、楽しかった。

「油断、してたんだろうなあ……」

ぼんやりと霞《かす》む視界に、自分が泣いているんだとわかる。

——馬鹿だな、本当に。

こんな状況下なのに、呉村に触ってもらえて嬉しい、と思っている自分がいる。

友達じゃないと言われたのに、いいように体を触られたのに、悲しいと思っているのに、喜んでいる自分がいた。

「……はは、馬鹿じゃないの」

笑ったつもりが嗚咽になって、峯井は誰に見られているわけでもないのに顔を覆った。

「鳥谷野せんせいー、もういっけーん！」

「もー、峯井くん酒癖変わったのー!?」

ぐいぐいと腕を引っ張ると、鳥谷野はいい加減にしてくれ、と叫ぶ。

終業後、鳥谷野に飲みに誘われ、まっすぐ自分の家に戻るのがいやで是非と少々前のめりに了承してしまった。

病院近くの居酒屋を二軒はしごし、何杯目かわからない焼酎を呷《あお》ったところで呂律《ろれつ》が怪しくなり始めていた。

「もう帰ろう、峯井くん。明日も仕事でしょ」

「明日は休みですー！　だからもういっけん……」

「僕は仕事なのー！」

鳥谷野に迫るのと同時に、頭がぐらりと揺れた。

しがみついて縋ると、鳥谷野がまいったとばかりに頭を掻く。そのいかにも面倒だとばかりのリアクションに、峯井は唇を尖らせた。

飲みに誘ってきたのは鳥谷野先生のほうじゃないか。

口にしたつもりはなかったが、どうやら実際に声に出してしまっていたらしく、鳥谷野は「そうだけどさ」と返してくる。

心中で言っているのか、口に出してしまっているのかもわからないほど、自分は泥酔しているらしい。

「避けられてるんだ……絶対、呉村に避けられてる」

「はいはい、それはさっきも聞いたから」

日勤と夜勤だからといって、まったく会う時間がないかといえばそうでもない。けれど、峯井は呉村となるべく鉢合わせないように動いていたし、それはおそらく呉村のほうも同じなのだ。

再会してからこんなに顔を合わせないのは初めてで、峯井はそのことを辛いと思っている。離れていた十年以上もの時間を、どんな気持ちで乗り切ったのかもう思い出せなかった。その事実に焦ったり後悔したりする余裕が、まだない。酔いが醒めたらひどく後悔するのはわかっているのに、今はただ、一人でいたくなかった。

引き止めるように、鳥谷野の袖を引っ張る。鳥谷野は眉を寄せ、峯井の腰を軽く叩いた。

「もー、酔うのはいいけど吐くのとかやめてよ？」

「吐きませんよー。そういう感じじゃないですもん」

気分的には不快さなどない。どちらかというと、なんだかふわふわした心地がして気持ちい。若干、まっすぐな歩行に支障が出ているがその程度だ。

けれどその分だけすぐに感情が揺らぎ、先程から怒ったり笑ったり泣いたりして、鳥谷野を困らせている。

「うちの子が見たら泣くよ、ほんと。莉花は峯井くんのこと王子様だと思ってるんだから」

「王子様だのアイドルだの鬼だの……勝手に呼ばないでください」

そんなものは偶像だと教え諭すならきっと今だ。

「王子もアイドルもいない。しょうもない、ただの男ですよ俺は……」

語尾が揺れて、鳥谷野がやれやれと言った様子で肩を叩く。

「どうだろうね。莉花は峯井くんにプロポーズしてるから、ただの男でも全然オッケーかもしれないけど」

「プロポーズって、幼稚園生のときの話でしょう」

まだ鳥谷野が結婚していた頃、自宅にお呼ばれした際に、峯井は菓子折りと小さな花束を携えていった。花束を渡したら、莉花に「これってプロポーズっていうのよね！」と言われて、そのはしゃいだ様子が可愛らしくてつい「お婿さんにしてくれるの？」と訊いてしまったのが懐かしい。

最近はあまり言わなくなったが、一頃《ひところ》は「莉花は峯井くんと結婚するの！」と会う度に言っていた。

「峯井くん、そういう油断は禁物。女の子はいつまでも覚えているものだよ……。莉花はまだ本気だからね？」

「え？　もう小学五年生じゃありませんでしたっけ」

「女の子は物心ついたときから女なんだよ」

割とシリアスなトーンで告げられて、峯井は苦笑する。

しかしそう考えると、莉花が一番、峯井に好意を寄せ続けてくれている相手かもしれない。

「そうですか。……じゃあ本当に莉花ちゃんと結婚するのも幸せかもしれないですね」

「だーめ」

瞬時に鳥谷野から不許可を出されて、目を丸くする。

「散々けしかけておいてそれはなくないですか……？」

やっぱり男親はいつまでも娘には傍にいてほしいのかと揶揄おうとしたら、鳥谷野はにこにこしたまま「だって」と遮った。

「――だって、莉花には幸せになってほしいから」

一瞬言葉に詰まり、峯井はぎこちなく笑みを作る。

「えー、僕じゃ幸せにできないってことですか？　激務だけどまあ収入はありますよ、院内感染するリスクはあるし有事の際は大変なときもありますけど、日本全国どこでも働けるし、不景気知らずですよ」

そんなセールスポイントを口にしてみる。きっと、人並みの家庭は築けるし幸せにもしてあげられるだろう。

「それはそうかもしれないね、でも、他に好きな相手がいるような男に、莉花はあげられないな」

「――」

直球に投げられた科白に、一気に酔いが醒めた。足を止めた峯井に、数歩先を行った鳥谷野が振り返る。

「とりあえず、君は飲みすぎ。これ以上はドクターストップです」

さあ帰るよ、と促される。

「外科医のくせに。注射下手なくせに」

「関係ないでしょ、それ」

礼を欠いたことを言う峯井に、鳥谷野は鷹揚《おうよう》に笑って見せた。頭をぽんと叩かれて、子供のような扱いをされているなと実感し、言いようのない感情が湧き上がる。

「とりあえず、おうち帰りなさい」

「やーだー」

わがままを言う峯井に苦笑し、鳥谷野が腕を引いた。

子供じみたリアクションであったが、家に帰りたくないのは本音で、峯井は鳥谷野の腕にしがみつく。

「……家に、帰りたくない」

「おいおい」

口にしてから、なんだかニュアンスが違ったかも、と首を傾げる。

「一人は……やだ」

「……僕だからいいけどねえ、キミ。不用意な発言には気をつけなさいよ、もう」

酩酊《めいてい》で不安定になっている心は、一度感情が振れると必要以上に振り切れてしまいそうで、怖かった。

こんな状態で帰って、寂しいと思ったら、心が潰れて再起不能になってしまう。そんなのは、耐えられない。

「もうやだ……」

呉村を想って、そのまま死んでしまいそうだ。いっそ死ねたら楽なのかもしれない。死ぬほど苦しいだけなのが、一番辛い。

「峯井くん。今度は泣き上戸？」

「泣いてません」

どれどれ、と言いながら鳥谷野は峯井の顎を取って上向かせる。

彫りの深い顔が、診察するときのようにじっくりと峯井の顔を見ていた。

診《み》たって、自分の病気は医者でも温泉でも治せないと、昔から決まっているのだ。治せるものなら治してほしい。

どうか思う存分診てやって、と目を閉じる。

ふっと鳥谷野の笑う気配がした。

「これって、わざとやってるんじゃないんだよね？」

「……なにがですか？」

はあ、と大きな溜息が落ちてくる。

「あのね、何度も言うけど危ないないよ、こういうの。男の子だからって油断は禁物なんだからね、今どきは」

「……男の子じゃないですよ、もう三十過ぎてます」

思い切り寄りかかると、ぺしぺしと頬を叩かれた。

「はい起きて」

「起きてます」

目を瞑っているだけです。と言ってみたものの、目が開かない。

おかしいなと思っていると、耳元になにかが触れた。

「しょうがないな。……悪いのは君だからね？」

文句は受け付けないよ、と囁《ささや》く声を聞きながら、峯井の意識は落ちていった。


そこから先は目を閉じていたせいもあって、どうやって家に辿《たど》り着いたかまったく記憶に残っていなかった。

気づいたらベッドの上で、頭側に誰かが座っている気配を感じる。瞼が重くて開かない。まだ酒が抜けていない体には倦怠《けんたい》感が纏《まつ》わりついていた。

「……んー……」

「あ、起きた？　ていうか、まだ寝てたほうがいいんじゃないの」

鳥谷野の声がする。家まで送り届けてくれたらしい。

「すみません……」

面倒をかけてしまったことを、今更恥じる。

「いいよ別に。はい、タオル冷やしたから」

礼を言うより先に、閉じたままの目の上に水で絞ったタオルが置かれる。

冷たいタオルは火照った肌に心地よく、小さく息を吐いて目を閉じた。瞼の上がひんやりとして気持ちいい。

目を閉じているはずなのに、視界がぐるぐると回っている。

それでも先程よりは大分酔いが醒め、理性もそこそこ戻ってきているのが自分でもわかった。

「吐き気はない？　大丈夫？」

「大丈夫です、あの……今日は、すみません。本当にご迷惑をおかけしました」

しおらしく謝罪した峯井に、鳥谷野がくすっと笑う気配がする。

「ああ、なんだ。本当に酔い醒めちゃったんだね。あれはあれで面白かったのに」

先程までの己の失態を思い出すと、冷や汗が出てくる。

酒は飲めども飲まれるなと言うけれど、あれは完全に飲まれていた。恥ずかしさのあまり、峯井は顔にのせたタオルをぎゅっと上から押さえつけた。

「すみません、色々と失言でした……」

具体的になにをどこまで喋ったのか、あやふやなのが非常に怖いところではある。

「まったくだよ、もう。これに懲りたら酒量はもう少しわきまえなさいね」

揶揄するように笑う鳥谷野に、本当にすみません以外の言葉がない。

——あれから、どれくらい経ったんだろう。

時間の経過がわからない。道端からベッドの上に至るまでの記憶が一切なかった。

タオル越しに、掌の感触がした。慰めるように触れる手が優しくて、思わず泣きそうになる。

これが呉村の手だったらと、そう思わずにはいられないほどだ。

「……峯井くんさ、なんで今日は飲みすぎちゃったの。普段もうちょっと酒量抑えるでしょうに」

それは、と言いかけて口を噤んだ。躊躇《ためら》ったものの、これだけ迷惑をかけたなら話す義務があるだろうという考えに至る。

少しでも喋ったら、心は軽くなるのだろうか。

「失恋したんです、僕」

「失恋……誰に？」

当然の問いかけに、一旦口を閉じた。

けれどその声色と同じだけ、優しい掌につい口を開いてしまう。

「ずっと、長いこと片思いをしていたんです。本当はすぐに振られてしまうべきだったのに、振られるのが怖くて……ただ時間だけを引き延ばして、むやみに相手を傷つけて」

どこまで本当のことを話そうかと迷い、呉村の名前は出さないまま続ける。

「それで、ちゃんと告白して、振られたってこと？」

「いいえ」

峯井の前髪を、掌が慰めるように撫でていく。額からそっと触れられて、なんだか眠たくなった。

自分に触れる呉村の手も、いつもこれくらい優しかった。

不意にそんなことを思い出して、涙が滲む。

「……でも、あいつはずっと知ってたんだと思います。それでも僕と友達でいてくれようとした。昔も、今も」

大きな掌が、撫でるのをやめる。

「耐えきれなかったのは、僕のほうだ。……僕は十代の頃から友達みたいな顔をして横にいたくせに、いつも、ずっと、あいつとキスする夢を見てたんです。思春期っぽいというには、ちょっと即物的な子供でしょう？」

自嘲の笑いを零し、峯井は唇を噛む。

「夢なんだから、気にすることないんじゃない？」

「そうですね。コントロールできるわけじゃないし。でも、裏切っている気分でした。……なのに、嬉しくて。夢だってわかってても」

声が涙で揺れる。撫でる手が、若干動揺したように強張った。

「昔一度だけ、本当にキスしちゃったことがあるんです」

「え、そうなの」

「はい。……相手が寝ぼけてて、多分かの——恋人と間違えたんだと思います」

彼女、と言いかけて慌てて訂正した。もう相手の性別は大体察せられてる気もしたが。

「そしたら……『最悪』って」

思春期の脆《もろ》い心は、その一言であっけなく砕けた。もう彼の隣にはいられないと思い詰めるほどの出来事だったのだ。

そんな自分の本当のファーストキスは、彼の元恋人だった。不意打ちで奪われたものだったが、間接キスになるかもしれないという最低な打算が働いたことは忘れていない。

もっとも、やらなければよかったという苦い後悔が残るだけだったけれど。

「最悪って、どういうこと？」

「どういうもこういうもないですよ。起きたら相手が僕で、びっくりしたんだと思いますけど」

ふむ、と鳥谷野が相槌を打つ。

「それは君の主観だろう？」

「そうかもしれませんけどそれ以外の意味なんてあります？」

「ていうか、もしそれが本当だったら別に、された側の峯井くんが後ろめたく思う必要なんてないんじゃないの？　どうしてそういう考えに至るのか僕にはわからないな」

指摘されて、峯井は苦笑する。

「あー……そういえばそうですね。でも、下心があって、それを喜んじゃったから」

——後ろめたく、思いたいんだ。きっと。

彼の心に触れたのだと、彼の印象に、記憶に自分が残ったのだと思い込みたい。図々しく利己的な願望を抱いている自分が恥ずかしい。

込み上げてきた涙に顔を歪めると、察したように瞼の上に手が置かれた。

「……そうじゃなくてねえ。しょうがないなあ」

なにがしょうがないのだろう、と疑問に思っていると、唇を撫でられた。

その動作の意図がわからずに、口を開きかけた瞬間、携帯電話の着信音が鳴り響く。無料通話アプリの、よく聞くメロディだ。

「峯井くん、話の途中でごめんね……もしもし？　うん、どうした？」

突然鳥谷野の声色が甘くなる。普段から彼は優しげに話すのだが、それよりももう一段、愛《いと》しげに和らいだ。

彼がそういう態度になる相手は、愛娘《まなむすめ》が相手のときだけである。

「うん……そっか、それはママもよくないな。来週だろう？　……うん、覚えてるよ。パパ、迎えに行くから。……うん。そのときに話そう。大丈夫、ママもわかってくれるよ」

じゃあね、と優しく、名残惜しそうに電話が切られる。目を瞑ったまま、思わずくすりと笑ってしまった。

「相変わらず、莉花ちゃんにはメロメロなんですね」

携帯電話にキスでもしたのだろうか、ちゅっ、という音がする。

「娘の可愛さは格別だよ。誰にも渡したくない」

恋人も妻も、どうあがいても代わりになれない天使なのだと、臆面もなく鳥谷野は言う。そういうところも、配偶者や恋人ともめる原因なのではないかと思うが、父親として悪い人ではないのだろうこともわかって、笑うに留める。

「莉花ちゃんが結婚するとき、大変そうですね」

「だから、峯井くんならまあ許さないこともないよって言ってるじゃない」

「さっきはあげられないって言ったじゃないですか。……なんにせよ、僕の子供って言ってもギリギリ通りそうな相手にはそういう気持ちは湧きませんってば」

それでなくても、峯井は女性に――もっといえば呉村以外の誰にも恋愛感情を抱いたことがないので、相手が年下の女の子かどうかもあまり関係はないのだけれど。

峯井の両目を覆うように重なっていた手が、ぴくりと動く。

「……あの、鳥谷野先生」

「うん？」

「なんだか……、え？」

酔いが徐々に醒めてきていたこともあり、やっぱり変だ、と眉を寄せる。実は先程から覚えている違和感があった。

ずっと目隠しをしている鳥谷野の手に、峯井は困惑しつつ触れる。

「どうしたの、峯井くん」

その声が、やけに離れた位置から聞こえる。手はその間、一度も動いていない。

「鳥谷野先生……？」

峯井は、タオルをずらし、ずっと閉じていた目を開いた。視界を覆ったままの手を、ゆっくりと外す。

「……っ！」

目の前にいたのは、鳥谷野ではなかった。

――呉村。

いつからいたのだろう。いつから話を聞いていたのか。自分が鳥谷野だけに吐露したつもりだった話は、一体どこまで聞かれていたのだろうか。

見下ろす彼は、なんとも言いようのない顔をしている。峯井は絶句し、顔色を赤くしたり青くしたりしながら、跳ね起きた。

――呉村……!?

混乱しすぎて声も出ない峯井にはなにも言わず、呉村は眉尻を下げた。

これは一体どういうことなのかと若干の距離を取っている鳥谷野を睨みつける。彼は既に帰り支度を始めていて、峯井の視線に気づいてのんきに手を振った。

「鳥谷野先生……！」

「あとは当事者同士で話をしなよ。最初は楽しかったけど僕もう我慢できなくなっちゃった。ごめんね」

そんな、と声が尻すぼみになる。

「あのね、君ら会話しなさすぎなんだよ。世間話だけして、肝心な会話をしないのはよくないね。こうに決まってるとか、こうするのがいいんだ、あいつのためだ、とか自己完結してさー」

自己完結するならちゃんと、自分の中で完結しておきなさい。他に漏らすんじゃありません。と諭されてぐうの音もでない。

傍らの呉村も神妙な顔で黙っている。

「親友っていうなら、報連相《ほうれんそう》を大事にしないと。以心伝心なんてほぼ勘違いで成り立ってるんだから」

「でも、……こんな騙し討ちみたいな」

僕は知らないよ、と鳥谷野は肩を竦める。

「あの――」

ようやく口を開いた呉村は、鳥谷野に向かって挙手をする。鳥谷野は教師がそうするように、呉村を指差した。

「はい、呉村くん」

「あの、鳥谷野先生のお嬢さんって……」

「莉花？　だから、世界一可愛い僕のお姫様だよ、見る？」

呉村が返事もしないうちから、鳥谷野はいそいそと携帯電話の表示画面をスライドさせ、画面いっぱいに映る愛娘を表示させた。

有名私立女子校の制服を着た彼女は、学校指定の黒いランドセルを背負っていた。峯井の記憶よりも、少しだけ大人びたかもしれない。

「今年の四月に撮ったんだよ。可愛いでしょう？」

心なしか、呉村が身を震わせている。

「ええ……はい、あの……お嬢さん、おいくつですか」

「今年で十一歳、小学五年生だよ！」

そう言いながら、鳥谷野は画面にちゅっとキスをする。

ああー……と低く唸《うな》って、呉村は項垂《うなだ》れた。そしてそのまま、ベッドに倒れ込む。

どういうことかと、呉村と鳥谷野を見比べた。呉村はベッドに倒れ伏しているし、鳥谷野はしたり顔をするばかりで答えはない。

「……騙された」

絞り出すように呉村が呟く。

「騙してないよ、うちの子は本気だもん。ま、僕はまだ許してないけどね」

ふ、と鼻で笑い、鳥谷野は携帯電話を上着のポケットに大事そうにしまい込んだ。呉村は文句を言いたげな顔をして鳥谷野を睨み、そして峯井に顔を向けた。

「峯井は鳥谷野先生のお嬢さんのことって……」

「もちろん知ってるけど」

幼稚園から大学までエスカレーター式の学校に通っているのだが、本人は今、別の学校を受験したがっていて、母親ともめているらしい。それもあって、鳥谷野は最近よく娘と電話しているのだ。

「じゃあ、お邪魔虫は一生懸命働いてきますからね。ごゆっくり」

鳥谷野は峯井に歩み寄り、ぽんぽんと頭を叩いた。

「大丈夫。うまくいくさ。だから、もう無茶な飲み方はやめなさいね」

それか前みたいにもうちょっと可愛らしく酔ってね、と笑って、鳥谷野は踵を返した。

「あ、あの、お疲れ様でしたっ」

ぺこりと頭を下げると、鳥谷野は振り返らないまま手を振った。

ドアが閉まるのと同時に沈黙が落ちる。

完全に固まってしまっている呉村の袖を、峯井は引いた。

「呉村、いつからいたの」

一体、いつどのタイミングで峯井の部屋に入っていたのだろうか。問うた峯井に、呉村は形容しがたい表情を作った。

「いつって、全然覚えてないのか」

「なにが……？」

問われている意味がわからず、峯井は首を傾げる。

「峯井が目を覚ます前から、ずっとこの部屋にいたぞ」

そう言って、呉村が峯井に向かって手を伸ばす。ふわりと前髪をかき上げて、呉村が額に触れてくる。

薄々そうかとは思っていたけれど、あっさり肯定されて言葉もない。

頭を撫でたり目隠しをしたりしていたのは、やはり鳥谷野ではなく呉村だったのだ。

目でうかがうと、呉村の目元が朱を刷《は》いた。

「お前……っ！　聞いてたな！　ずっと聞いてたんだな！」

最悪だ、とベッドの上のクッションを引っ摑んで呉村にぶつけた。咄嗟の行動だったのに、呉村は持ち前の反射神経を発揮してそれをいなす。

「そりゃ聞くだろ、っていうか俺がいるのに峯井が勝手に話し始めたんだろ!?」

本人がいるとわかっていたら、酒が入っていなかったら、あんな話はしなかった。

仲がそんなによくないふりをして、ちゃっかり呉村に協力していたなんてずるい。ふりをしていたわけではないのかもしれないが、とにかくずるい。

「なんで、いるの」

「……呼び出されたんだよ、鳥谷野先生に。今、峯井のマンションにいるから来いって」

酩酊状態だった峯井が、鳥谷野にマンションまで連れてきてもらったのは間違いないらしい。そのあたりもまったく記憶にない。それから、鳥谷野は呉村をこの場に呼び出したのだそうだ。改めて聞くと、己の迷惑ぶりに真っ青になる。

けれど、ふと気づく。

酔っ払って部屋番号が言えなかったとか、住所を伝える前に眠ってしまったとしても、別に呉村が呼び出される理由はない。

しかも、ちゃんと部屋の中に入れたのだったら、ますます意味のない行為に思えるし、呉村も何故素直に呼び出しに応じたのかがわからなかった。

「……なんで俺が酔っ払ったからって、俺の部屋に呉村が呼び出されるの」

抱いた疑問をぶつけると、呉村は言いにくそうにしながら頭を掻く。

「だからそれは、俺たちに会話をしろとか、そういうことだろ。あと、だいぶ酔ってるから面倒を見ろって」

会話って、と見返す。二人の間に沈黙が落ちた。

まだうまく話が飲み込めていない峯井は、戸惑いながら呉村を見返す。呉村は、覚悟を決めるように居ずまいを正した。

「――ひとつ、確認していいか」

どこか緊張した様子のその問いかけに、峯井も思わず背筋を伸ばす。

「う、ん」

「……俺が、誰を好きなのか知ってるか？」

予想していたものとは違う質問に、つい「えっ」と声を上げてしまった。逆のことを――お前俺のことが好きなのか、くらいは訊かれると思っていたので、一瞬脳内で質問を処理できなかった。

「呉村の好きな人って……今までそんな話、したことあったっけ」

昔は誰々と付き合った、くらいのことは話していたが、再会してからはそういった色恋の話はあまりしなかった。

他の面子がいるときに「彼女とかいないの」などと話していたのを聞いていた程度だろうか。だから、峯井はなにも知らない。

「じゃあ、昔は？　高校生くらいのとき、俺が誰のこと好きだったか覚えてるか」

「覚えてるもなにも」

呉村と付き合った子の名前は、全部覚えている。全員に、ずっと嫉妬していたからだ。その立場に代われるものなら代わりたいと嫉妬していた。

「えっと最初は、隣のクラスの吹奏楽部の」

「――そうじゃなくて」

指折り数えようとしたら遮られた。長細い溜息を吐いて、呉村が言いにくそうに口を開く。

「別の質問、してもいいか？」

前の話も終わっていないのに？　と怪訝に思いながらも、頷く。

「峯井はなんで進路を変えたんだよ？」

「なんでって、俺は別に最初から」

「嘘だ。卒業式までずっと俺と『進路が同じふり』してただろ。……卒業式に俺が訊かなきゃ、それっきりにするつもりだっただろ」

当然きかなかったごまかしに、唇を噛んだ。

「……もういいじゃないか、昔のことなんて。いま割と仲良くやってるんだから、いいだろ、もう」

――なんで、そんなこと言わないといけないんだよ。もう終わったことなのに。

なかったことにして、再会してからは友達付き合いが復活して。だったらそれでいいじゃないか。

「なあ、この話やめよ――」

「――俺は」

強引に話を切り上げようとした峯井の肩を掴んで、呉村が話を強引に戻す。びっくりして見つめ返すと、呉村は困惑したような顔をしていた。

「俺は、峯井が俺から逃げたんだと思ってたんだ、ずっと」

「――」

まさに正解を言い当てられて、体がびくっと震える。

「俺が、峯井のことが好きで……そういう目で見てたから逃げられたんだってずっと思ってた」

「……え」

けれど、続いた言葉は想像していた文脈ではなかった。

主語が違うのでは、と疑問符が押し寄せてきて、処理ができない。

きっと、間の抜けた顔をしていたと思う。その表情を探るように見つめて、呉村は距離を詰めてきた。

「違うのか？　本当に」

「いや、あの……なんの話？」

事実とは逆のことを言われて、峯井は固まったまま頭の中でパニックを起こしていた。その様子が冷静そうに見えたのか、呉村は焦《じ》れるように「だったら！」と大声を上げる。

「逆に訊くけど、だったらどうして、そうじゃないならなんで俺から逃げたんだよ！」

「だ、だって……」

最悪。

そう呟いた呉村の声を、今でも覚えている。

峯井の両目からじわっと溢れた涙に、呉村は瞠目した。

「最悪、って言った」

声が震える。ぽろぽろと落ちる涙の音がした。

「彼女と間違えてキスして……相手が俺だってわかって、最悪だって、言った」

現実にキスができて嬉しかった。だけどそう感じた分だけ余計に虚《むな》しさが募ったし、最悪だと言われて傷ついた。

「キスされて、最悪だって言われた俺の気持ちが、呉村にわかる？」

自分の恋心が、相手にとって「最悪」なものだとわかったら、一緒になんていられない。逃げ出したいと思ってなにが悪いのか。

そう訴えた峯井を、呉村が両腕で抱き竦める。

「――――!」

「……ごめん、峯井」

弱々しく呟かれたその声は、ずるい。

そんなふうに言われたら、自分は許すしかない。結局、呉村には弱いのだ。

「ごめんって、別に……もういいよ。俺が勝手に」

「違う、ごめん。あれはそういう意味じゃなくて」

「じゃどういう意味なんだよ……」

涙声で問えば、呉村の腕の力が強くなる。

「俺は、あれで均衡が崩れたと思って」

「均衡……?」

なんの話かと目を瞬く。

「ごめん、最初から話す。俺、峯井と友達になった頃から……割と最初のほうから、峯井のことを恋愛的な意味で好きで」

「つ、え?」

突き飛ばすように体を離して、呉村の顔を見る。苦笑する呉村を睨みつけた。

「嘘だ。じゃあ、なんで他の女の子と付き合ったりしてたんだよ」

「それはだから、峯井に今以上の警戒をされたくなくて……女子と付き合ったら、少し安心するかなって」

「最低」

我慢できずに発した言葉に、呉村は「わかってる、ごめん」と頭を下げた。

女子にも、そして峯井にとっても最低だ。

進路も言わずに決別したという事実がずっと気にかかっていたけれど、ほんの少し罪悪感が薄れてくる。

「そうだな、最低だと思う」

急速に仲が良くなり、互いの家に頻繁に泊まりあうようになった。峯井は恋愛感情を抱くまでただ無邪気に楽しんでいたけれど、呉村は早い段階で下心があったという。

「最低なガキだと思うよ。親友の寝込みを襲ってんだから」

「寝込みを襲うって」

「キス。してただろ」

眠る峯井にキスをするようになったのは、中学二年生の夏休みのことだったのだという。

隣で眠る度、真夜中に起きては呉村は峯井にキスをしていた。

「え、夢じゃ……」

「夢？」

寝込みを襲っていたと自白した呉村は、峯井の反応に首を傾げた。

「峯井、むしろ本当に気づいてなかったのか？」

呉村の言うことが事実ならば、自分のファーストキスは、高校時代に呉村の元彼女から強引にされたあれではなかったということだ。

「……ていうか、本当にしてたの？　だっていくら寝てるとはいえ、そんなに何度もされてて気づかないの変じゃない？」

それはこっちの科白だと、呉村が言う。

「いや、だから峯井はずっと気づいてると思ってたんだって。気づいていて、でも友情を壊したくないから知らないふりをしてるんだろうなって思ってたんだよ俺は」

薄々気づいてたんじゃないのか、ともう一度問われて、首を振る。

気づくどころか、自分の妄想だと思っていた。自分の恋心や下心、願望が夢になって現れているのだと。

あまりの己の鈍感さに、打ちのめされる。

「でも『最悪』って、言った」

「だからそれは、暗黙の了解……だと俺が思ってただけだったけど、それが破られたから」

今までは、「寝たふりをしている峯井にキスをする」というのがお決まりの流れだった。ところが、今度は自分が寝ぼけて起きている峯井を押し倒してしまった。

言い訳ができるかどうか、それどころか今まで通りの関係を続けられるかどうかもわからない。だから「最悪」だと呟いたのだ。

その後、呉村は表面上は同じ付き合いが続いていて安堵していた。なにせ、進路は同じなのだ。これから大学生活でどうにか気持ちを伝えて、と算段をつけていたのに、卒業式当日に実は峯井がひっそりと別の学校を受験していて、しかもなにも伝えずに卒業するつもりだったのだと知って呉村はショックを受けたという。

その後も連絡を取らなかったのは、失恋の悲しさもあったけれど、これ以上峯井に嫌な思いをさせたくないと思ったからだった。

「でも、居酒屋で会ったとき普通だった」

「……大人だからな。でも内心怖かったよ。足震えてた」

「信じられない。……俺が、俺ばっかり、呉村のこと好きなんだって思ってた」

だからいつも苦しくて、一緒にいたくないのに一緒にいたくて。それでもやっぱり離れたくなくて。

呆然としていたら、対面の呉村の顔が、じわりじわりと赤くなっていく。怪訝に思って覗き込むと、呉村が唇を引き結んだ。

「呉村？」

名前を呼べば、呉村は口元を押さえて勢いよく顔をそらした。反応の意味がわからず顔を寄せると、ますます呉村の顔が赤くなった。

「顔、赤いけど」

「っ、仕方ないだろ！」

大声でそう言い放つ呉村は、相変わらずよそを向いたままだ。じっと見続けていると、観念したように口を開いた。

「……峯井が、俺に好きだって言うの初めてなんだから」

ぼそぼそと呟かれた科白に、峯井は目を瞬く。

——そう、だっけ？

ずっと片思いをしていたというのもあるけれど、それはすっかり自分の中では公然の事実のような気になっていたので、驚いた。けれど振り返ってみれば、確かに恋愛感情の意味で、あらたまって「好き」だと言ったことはなかったかもしれない。

いつも鷹揚に笑っていて、余裕をもっている呉村が、峯井の「好き」の一言に動揺している。

——わ……。

その様子を見て、じわじわと実感が湧いてくる。ちゃんと、彼が自分のことを想ってくれているのだと、知る。

つい頬が緩んでしまっているせいか、呉村の形のいい唇が拗《す》ねたように曲がった。

もっと見ていたくて顔を近づけたら、がっと腕を摑まれる。反射的に引きかけた腕を強く引き寄せ、呉村は峯井の腰を抱いた。

腕を拘束していた掌の力が緩み、捕らえた勢いと裏腹に、ゆっくりと唇が重なってきた。

初めて、互いに意識しあいながらキスをする。

子供の頃のように、ただ重なり合うだけの拙いものだったが、泣きそうなくらい幸せだった。

「——好きだ」

唇と唇の隙間で、もう一度呉村が口にする。

うん、と頷くと、背を抱かれ、腕の中に閉じ込められた。

「ずっと、好きだった」

「……うん」

俺も、と小さく告げて、呉村を抱き返す。

それから額が触れるほど顔を寄せあい、二人同時に笑った。

「お互い、遠回りしたな」

二人の様子を外野から見ていて、なんとなく事態を察していたのであろう鳥谷野が面倒くさいからさっさと話せとぶん投げる理由もわかった気がする。

くすくすと笑い合いながら、呉村の唇にキスをした。

唇を離し、見つめた男の目が熱っぽく揺れる。多分、きっと、自分も同じ目をしているのだろう。

「今度は、逃がす気ないからな」

「逃げないよ、もう」

自分もだけれど、逃げたのは呉村も同じだ。

「まずは十年分。——覚悟しろよ？」

呉村の掌が、確かめるように峯井の体に触れる。

峯井はキスに応えるので精一杯なのに、呉村は余裕そうだ。体のラインや体温を触れて確かめられ、そして、どう触ると峯井の体が震えるか、吐息で読まれている気がする。

まだなにもいやらしいことなどされていないはずなのに、肌に触れられるだけで息が熱っぽく上ずる。

「う……呉、村……待って」

「ん？」

なに、と聞き返す声が笑っている。けれど、呉村は待ってくれない。

実質キスしかしていないのに降参するのは早い、ということなのかもしれない。

――でも、なんかもう……。

ふるふると身を震わせながら、峯井は強く目を瞑る。

口腔内に差し込まれた舌が、上顎や舌に触れる度に、体が勝手にびくっと跳ねてしまうのだ。

それに、首筋や肋骨《ろっこつ》の上を指で擦られる度に、くすぐったいわけではないのにじっとしていられなくて、体が逃げてしまう。

――なんかもう、限界……！

覆いかぶさる呉村の胸をぐいぐいと押し返したら、やっと唇が離れていった。

思わずほっと息を吐くと、見下ろす呉村の瞳が細められる。呉村の指が、濡れた峯井の唇を拭った。

ふにふにと唇を押しながら、呉村は峯井の目尻にキスをする。甘ったるいその仕草に、もう峯井は言葉もなく赤面するしかない。

「峯井。……脱がせていい？」

少し潤んだ熱っぽい目で見つめられて、返事の代わりにひくりと喉が鳴る。

問うたくせに答えも待たず、呉村は峯井のシャツのボタンを外した。

「あ、待っ……、待って呉村」

「うん？」

なに、と言いながらも呉村の手は止まらない。本気で抵抗しないから、やめてくれないのかもしれない。

手慣れた様子で、呉村は戸惑う峯井の服を一枚一枚剝いでいく。

「待っ……、ん」

上半身の服を全部脱がされたタイミングで、また唇を塞がれる。ベッドに押し倒されて、キスをしながらボトムを脱がされた。

無意識に瞑っていた目を開いたら、服を着た呉村の下で自分が全裸になっている状況が目に入り、全身がかあっと熱くなる。

「……峯井？」

羞恥に震えるこちらの様子に気づき、呉村が唇を離した。そして峯井の頬を撫でて、ちょっと意地悪く笑う。

「なに、恥ずかしくなった？」

「っ、当たり前……俺ばっかり、裸で……っ」

怒鳴りたいのに、羞恥と興奮でうまく声が出ない。はいはい、と呉村が上体を起こした。

そして、勢いよくシャツを脱ぎ捨てる。あらわになった体はしっかり鍛えられていて、貧相な峯井とは大違いだった。

腹も割れていて、胸板も厚い。

呉村の裸を見るのは初めてではないので、油断していた。高校生の頃とほぼ変わらぬ自分とは全然違う。

自分が知っている呉村のそれとは、あまりに違った。腰から下についてはもはや直視できない。

「峯井？」

のしかかって来られ、素肌同士が密着する。

「っ……、くれむら」

舌がもつれる。不安げに揺れた声に、呉村がぐっとなにかを堪える顔をした。

ずっと呉村だけを好きだったから、他の男を好きになったこともなければ、男性経験もない。

組み敷かれるのも、初めて見る呉村の体にも、本能的な恐怖を覚えていた。

知らない男みたいで怖い、と言ったら傷つけてしまうだろうか。それも本意ではなく、ますます口にする機会を逸する。

――なんか知らない人みたいで怖い、のに。

それればかりではないことも自覚している。恐怖心だけではなく、期待や興奮に体が震えているのがわかっていた。

「その……」

「うん」

にっこりと笑った呉村は、緊張でがちがちになっている峯井の体を抱きしめる。

「呉村」

「しばらく、こうしてるか？」

な、と柔らかな声で囁く呉村は、峯井が怖気《おじけ》づいていたのを察してくれていた。子供にするように、ぽんぽんと体を叩く。

だが、密着しているので、呉村がそう余裕でもないことは峯井もわかっていた。呉村の顔をうかがいながら、ぐっと腰を押し付ける。

うっ、と息を詰めて呉村が背を丸めた。

「……お前な、一応我慢してるんだからやめろ」

「ご、ごめん」

やせ我慢して待ってくれているのは、峯井を想ってくれているからだ。

——優しくしすぎじゃないの、お前。

さっきは十年分とかなんとかおどかしたくせに、結局優しい男にたまらなくなって抱きつく。

「っ、だからやめろって、こら」

重なる呉村の体がびくりと動いた。少しだけ体を離し、見下ろしてくる男に笑い返す。

「ありがとう。……いいよ、我慢しなくて」

笑顔で告げると、呉村が瞠目した。それから呉村も口元を綻《ほころ》ばせ、峯井の頬を撫でる。その心地よさに目を閉じると、もう一度唇が合わせられた。

「……峯井、もうちょっと腰、上げて。峯井？」

キスに没頭していたせいか、呉村の言葉が耳に入らなかった。呉村が「よっ」と声を上げて、峯井の腰に手を回す。

「……っ!?」

ぐるんと視界が反転し、一瞬なにが起きたのかわからなかった。シーツの上には呉村が仰向けになっていて、峯井がその上に重なる、という体勢になっている。

「えっ、ちょ……わ、ぁっ」

困惑する峯井の尻を、呉村が摑む。

長い指が、自分でもあまり触れない場所へと押し当てられた。

「っ……」

違和感と、それを上回る恥ずかしさに息を詰める。呉村の胸に顔を埋め、無言で震えてしまった。

「あの、呉村。ゆっくりなら、平気だと、思うから」

「無理するなよ」

「無理じゃないって」

いいから、と言うと、心配そうな顔をしながらも指が入れられる。

「……っ」

筋肉が一瞬で強張り、痛い、と言いそうになる。

けれど、ここで痛いとか苦しいと訴えたらやめられてしまいそうで、唇を噛んで堪えた。

拒むように窄《すぼ》まった場所を撫でながら、耳元で「峯井」と呼ばれる。

「え……」

「なにか、潤滑剤あるか？　軟膏《なんこう》でもいいけど」

峯井は枕元のチェストに薬箱を置いている。峯井は呉村の上に乗ったまま腕を伸ばして蓋を開け、中からチューブ状の軟膏を取り出した。

普段使うときの、何倍もの量が呉村の手に出される。

「こんなことのために生まれてきたんじゃないのに……」

「それはそうだけど、今言うかそれを」

無駄にするわけじゃないからいいだろ、と苦笑しながら、呉村は軟膏を使ってもう一度峯井に触れた。

軟膏の助けを借り、体の中につるりと呉村の指が入ってくる。あまりに抵抗なく入ってしまって、赤面した。

「痛かったら言って」

「ん……」

こくりと頷き、呉村に身を任せる。痛くはないのだが、緊張で体ががちがちになっているせいで、うまく解《ほぐ》れない。

ふーふーと呼吸を繰り返して、できないと思うと焦りが生じて、さらに体が固まる。

どうしようどうしようと惑乱していたら、ぽんぽんと頭を撫でられた。

「はーい、峯井さーん息吐いてくださーい」

「ぶ、はっ」

患者に言うような口調に、こんな状況下だというのに笑ってしまった。図らずも呉村の言うとおり息を吐いたせいか、妙に力んでいた体がふっと弛緩《しかん》する。

「大丈夫ですよー、力抜いてくださいねー」

「ちょ、やめろその口調」

くすくすと笑いだしてしまって、緊張したムードが和らぐ。体が重なっているせいだろうか、素肌の触れ合う心地よさに徐々に安心もしてきた。

「部位を考えたら力抜くより入れたほうが入るんじゃないの」

「それ以前に、峯井、体がっちがちなんだもん。そっちが先だろ」

確かにそうかも、と納得する。

色気は若干ないかもしれないけれど、こうしてリラックスさせてくれて、呉村が峯井の気持ちを優先してくれることがわかって嬉しい。

そうしている間に徐々に指が増やされ、無駄口を叩いている余裕もなくなってくる。

「ん……っ」

何度も軟膏を塗り直していた呉村の指に体も徐々に慣れ始めていた。時折尻に当たる熱いものは、きっと呉村のものだ。

それを意識する度に、心臓が早鐘を打った。

指を抜き差しされ、擦られているうちに自分の意志とは関係なく体がびくっと動く瞬間がある。最初のうちは気のせいかとも思ったが、次第にその間隔が短くなり、「あ」と声を上げてしまう。

「ん、ぅ」

じっとしていられず、腰が動く。夢中になってその感覚を追っていると、逸《はや》る腰を押さえつけるように抱き寄せられた。

「っ、あ……？」

動きを制されて、息を震わせながら下にいる男の顔を見る。呉村の額に、うっすら汗が浮かんでいた。

「峯井、ちょっと待った。我慢して」

がまん、と復唱し、呉村の腹に性器を押し付けて擦っていたのだと気づいて、声にならない悲鳴を上げた。

——嘘、俺……、俺……っ。

羞恥で死にそうになっている峯井をよそに、呉村が指を引き抜く。その刺激に、峯井は背を反らす。

頬にキスをされたあと、また体勢が入れ替わる。今度は峯井が下になり、体を俯《うつぶ》せに返された。

腰を掴まれて引っ張り上げられ、四つんばいにさせられる。初めてする格好に、頬がかっと熱くなった。

「う……」

あまりの羞恥に少し涙が出たが、体勢のせいでそんな顔を見られずにすんだのが、せめてもの救いだ。

「ゆっくり呼吸してて。……そう、うん」

脚を大きく開かされ、先程まで散々弄《いじ》られていた場所に指よりも大きなものが押し当てられる。

「あっ……、あっ！」

思った以上にスムーズに入っていくその熱に、戸惑う。先の部分が入ると、今度は自分が引き寄せているかのように、ずるりと飲み込んでいってしまい、それが却って怖い。

「ん、く」

ずしりと重たくなる下肢に腰が落ちてしまいそうな感覚がした。

けれど、腰は抱えられているし、なにより呉村のものをしっかりと咥《くわ》え込んでいるので落ちようもない。

下半身はともかく、上半身を腕で体を支えていられなくなり、枕に顔をうずめた。

どきどきと、心臓の音がする。

腹が苦しい。息も苦しい。それなのに興奮して、息が切れる。

「峯井、大丈夫か？　痛い？」

痛くはない。枕に顔を擦りつけるように首を振る。

「待っ、て」

しっかり息を吸って、吐いているのに、体が、空気が足りないと訴えているようだった。

「一旦抜くか？」

枕に爪を立てて頭を振っていると、背中を撫でられた。宥めるように触れられて、ほんの少し体が楽になった気がする。

「くれむら……」

「ん？」

「この体勢、いやだ。……顔、見たい」

体が強張るのは、きっと不安感が強いからだ。肩越しに振り返り、「顔見ながらしたい」と請う。呉村が迷いを見せた。

「……でも、今より体がきついぞ。峯井が大変な思いするから」

「それでもいい、いいから」

お願いだから、と重ねたら、呉村はぐっと肩を強張らせた。それから、ゆっくり腰を引く。

「あ、ぁ」

引き抜かれる感触に、背筋が震える。ぺしゃんと潰れるようにシーツに落ちた峯井の体を、呉村が勢いよくひっくり返した。

今日だけで何回体を転がされているんだろうと思いながら、峯井は両腕を伸ばす。

「呉村、……して」

「っ、……あぁ、もう、お前なぁ！」

知らないからな、と言いながら荒々しい動作で、呉村が覆いかぶさってくる。

けれど所作が荒かったのはそこまでで、脚を開かせる仕草は優しい。そしてもう一度、峯井の中に入ってきた。

「あ……っ、」

気持ちいいかどうかはわからない。けれど体が呉村で満たされて、嬉しくて、胸が震えた。

重なる大きな背中に、腕を回す。

「呉村……」

そうしてみて、初めて呉村も息を切らしていたことを知る。名前を呼ばれた呉村は、小さく息を整えて、峯井を見下ろした。

「呉村、好き――」

言い終わらないうちに、唇を塞がれる。

舌ごと持っていかれるんじゃないかと思うくらいに深いキスをしながら、呉村が腰を揺する。

上も下も呉村で満たされて、峯井は甘い声を上げた。

「ん、んぅ」

満たされて、それだけで気持ちいい。息苦しささえも充足感になり、呉村から与えられる快感に身を任せていた。

「んっ……？」

けれど、浅い場所を何度も擦られているうちに、今まで感じていたそれとは違う感覚が体に走った。

多幸感にも似た気持ちよさとは違う、異質な感覚は、浮き立った体を電気のように走る。

気持ちよさだとは認識できず、怖くなって、体を捩《よじ》った。

呉村は「ん?」と声を上げ、唇を離す。くったりとシーツに寝転ぶ峯井の顔を見ながら、嵌《は》めたままの腰を浮かした。

「やっ……!」

気持ちよさにふわふわしていた体に、不意に強い刺激が走る。一体なにが起こったのかわからず、峯井は疑問符を浮かべた。

「え……、っあっ?」

呉村がもう一度同じ動作をし、峯井も同様に声を上げる。

なにが起きたのかわからず、呉村を見上げると、息を整えているその精悍《せいかん》な顔にゆらりと獰《どう》猛《もう》な雰囲気が宿った。

本能的に怯えた峯井の手首を摑み捕らえ、呉村が微笑んだ。

「やめ――、あっ!」

もう答えは求めていないのか、呉村は激しく腰を打ち付けてきた。

そんなに乱暴にされたら痛い、そう思うのに、峯井自身の体が勝手に否定する。突き上げられる度に、自分のものとは思えない甘ったるい声が上がった。

恥ずかしくて、泣きながら自分の口を押さえる。

「んっ、んん……っ」

けれど、我慢しようとする意思とは裏腹に、ふわふわと浮くような感覚が下肢を襲ってくる。内腿が震え、じわりと快感が広がっていった。

「嘘、待って……や、あっ……っ！」

「峯井、もうちょっと待っ、て」

もうなにを言われているのかわからず、激しく揺さぶられながら「やだ」と繰り返した。

「やだ、もうやだ、駄目、ぁ――っ」

一瞬目の前が真っ白になり、無意識に背を反らす。

自慰とは全然違う絶頂感に、頭も体もついていかない。

「あっ……、っあ……」

呉村が動いていないのに、断続的に襲ってくる快感に腰が揺れる。

「は、っ……」

ぽすんと背中をシーツにつけ、咳き込んでいると、背中の下に呉村の手が差し込まれた。

少し汗ばんだ掌は、労《いたわ》るように肌を撫でたあと、強引に峯井の上体を起こさせる。

「あっ、う」

より深く呉村のものが入ってきて、峯井は小さく悲鳴を上げた。体に力も入らず、涙を零しながら呉村の胸にしがみつく。

呉村は峯井の目尻にキスをし、その優しさとは反対に腰を突き上げてきた。

「や……っ」

不意をつかれて、たまらずに呉村の体を押し返す。けれど力が入らず、ほぼ無抵抗の状態で抱き竦められた。

「待っ……やめ……」

まだ辛い、と訴えたいのに、うまく言葉にならない。

「やだ、ぁ」

一度達した体はひどく敏感になっていた。

先程の頭が真っ白になるような鮮烈な快感とは違い、今は小さな快感がじわじわと増殖していくような感じだ。

深い場所をずるずると擦られるほど、快楽が膨らんで積み重なり、一枚一枚理性を剝ぎとっていった。

けれど最後まで剝がしきるには、それなりに理性が残る。いっそおかしくなったほうが楽になれるのに、と半泣きになりながら頭を振った。

「やだ、や……あぁ、あ」

「峯井」

「んっ」

顎を掴まれ、目の前の呉村の顔に焦点が合う。ぼろぼろと涙を零しながら、半ば放心状態で見つめ返した。

「いやか?」

すん、と鼻を啜《すす》って、問われた内容を反芻《はんすう》する。

「や……」

「いや?」

かぷ、と唇を甘噛みしながら塞がれる。絡められた舌が気持ちよくて、ほんの少しだけ残っていた理性が蕩《とろ》かされそうだ。

「いや? 峯井」

「……や、じゃない」

答えたのと同時に、下から強く突き上げられる。

「っあ、あー……っ!」

ゆっくり剝がされていた理性が一足飛びで全部丸裸にされ、峯井はあられもない声を上げた。心なしか先程よりも大きくなった呉村のものが、中を強く擦り上げる。

下肢がどろどろに溶けるような甘い波に、涙が止まらなかった。

「や、呉村、呉村っ……！」

「……峯井っ」

強引に唇を奪われる。呉村が息を詰めるのと同時に、体の中に出されたのがわかった。

「っ――」

嬌声《きょうせい》はキスに奪われ、峯井は胸を喘《あえ》がせながら目を閉じた。

全身の力が抜ける。両腕で抱いたまま、呉村が峯井の体を押し倒した。

呉村は指一本動かせない峯井の唇に何度もキスをする。

「ん……」

ふっと吐息した呉村が、ゆっくりと中を擦り始めた。

「も……できない……」

怯えが混じるその声は、我ながら情けない。わかってるよ、と呉村が苦笑する。

けれど、呉村は嘘を吐いた。

「なあ、ちょっと……やだって」

「うん」

わかっていると言ったのに、呉村は腰を揺すり始めていた。

そしてできないと言った自分も、呉村ほどではないにしろ兆《きざ》し始めている。けれど放っておいてくれたら収まる程度だ。それよりも疲労感が強い。

「うん、じゃないって。呉村」

抵抗しようとしたら、ちゅっとキスされた。

優しく触れるだけのそれは気持ちよくて、そして、夢だと思っていた頃の拙さにも似ていて、胸が甘く疼く。

「十年以上も待ったんだから……もう少しだけ」

「でも」

「お願い、もう少しだけだから」

きっと、本気で嫌がったら呉村も引いてくれるのだろうとは思う。そして呉村も、無理やりやろうと思えばできるに違いない。

それでも「お願い」とおうかがいを立ててくるのだから、と思えば強くは拒めない。

「……峯井」

「……、えっと……、……うん……」

こくりと頷けば、呉村は本当に嬉しそうに笑った。そして、両腕で峯井を抱きしめ「好き」と言う。

「好き。……ずっと好きだった、峯井が好き」

好き、と重ねてキスをされ、泣きたくなるほど嬉しい。

「あの、でも『もう少しだけ』だからな」

「うん、もう少しだけ。……頑張ろ」

そしてそんな言葉に絆された自分も馬鹿だとは思うが、その「もう少しだけ」も嘘だとわかっていたら、絶対にいいとは言わなかった。


いつ眠りに落ちたか記憶のない状態の目覚めはあまりよくはなかった。

普段あまりすることのない体勢を強いられたせいか、股関節が悲鳴を上げている。痛み止めでも飲むしかないだろうかと思案しながら寝返りを打った。

「あ、起きた？　おはよ」

「……おはよう」

ほんの少し険のある声で返したが、呉村は気にした様子もなく峯井の頬にキスをしてきた。

「朝飯作ったけど、起きられるか？」

「……起きる」

ぐぎぎ、と軋む体をどうにか起こした。体を起こしたら若干の目眩を覚えて、ベッドの上であぐらをかいたまま固まる。

どれくらいそうしていたのか、「おーい」と声をかけられてやっと顔を上げた。

「顔洗ってこいよ、飯にしよう」

「ん……」

よろめきながら、どうにか洗面所に行き、顔を洗う。鏡の中の自分を見つめた。

――おい。

不機嫌そうにしているかと思いきや、そんなつもりはないのにやけに嬉しそうに、つやつやした顔をしている。

少し開いたシャツの胸元、鎖骨や首の付け根のあたりには、昨晩つけられたと思《おぼ》しき歯型や鬱血が滲んでいた。

――うちのユニフォーム、ケーシーでよかった……。

首元を隠すユニフォームじゃなかったら、外聞の悪いことになるところだった。

タオルで顔を拭きながら、誰が見ているわけでもないのに赤面をごまかす。

そして、着替えた覚えもないのに服を着ていることに遅ればせながら気がついた。Tシャツとハーフパンツ、中にはちゃんと下着も穿《は》いている。

昨晩散々裸を見られたとはいえ、意識のない状態で服を着せられた、という事実がたまらなく恥ずかしい。タオルを顔にあてたましゃがみこんでいると、心配してやってきたらしい呉村に「なにしてんだ？」と声をかけられた。

なんでもない、と立ち上がり、リビングへ向かう。

ソファテーブルの上には、朝食の定番メニューであるおにぎり、卵焼き、味噌汁が並んでいた。

「ごめん、俺も手伝えばよかった。せめて後片付けくらいはやるから」

「いいよ。まだちょっと疲れてるだろ？」

揶揄うようでもなく言って、呉村は冷蔵庫からピッチャーを取り出してグラスに冷茶を注ぐ。

手持ち無沙汰のまま立って待っていると、呉村は「座っていいのに」と笑った。

同じタイミングで腰を下ろす。

「じゃあ、いただきます」

声を合わせて、互いにおにぎりを手に取った。

「うん、うまい」

「それはよかった。でも卵焼きとかオムレツはなぁ、全然理想の味にならないんだ」

その言葉につられるように、峯井は卵焼きに手を伸ばす。塩味の卵焼きはよくできていると思うのだが、呉村の理想ではないようだ。

「次は、峯井が作って。またオムレツ食べたい」

「うん。……わかった」

言いようのない幸福感が湧き上がってきて、峯井はおにぎりを口に運ぶ。

相変わらず、呉村のおにぎりは美味しい。子供の頃から作り慣れているだけあるし、峯井も何度も食べてきた懐かしい味だ。

いつもと同じ、昔と変わらない。

二人のやりとりも、朝のメニューも、なにも変わらない。

けれどこれからは、昨晩までとは違う意味を持ったのだなと実感する。今度こそ、次の朝は呉村の好きなオムレツを作ろう、と思った。

番外編

親友に初めてキスをしたのは、中学二年生のときだった。

中学の入学式で最初に言葉を交わしたクラスメイト——峯井佳哉《みねいよしや》とは、当初からなんとなくうまが合っていたように思う。そして、ともに「看護師になりたい」という夢を持っていたことですぐに仲良くなった。呉村清隆《くれむらきよたか》の両親は市内の総合病院に勤めていて、峯井が以前、父の担当していた患者だということもわかって、ますます盛り上がったのだ。運命だな、なんて言い合って。

同じ目標に向かっているということもあったけれど、とにかく一緒にいるのが楽しかった。喋ったり遊んだりするだけでなく、峯井とならば勉強している時間でさえも心地よかったのだ。

峯井はいつもにこにこしていて、人の悪口は言わない。ただ、誰かが不当な扱いを受けたり、嫌な思いをしているときは、自分のことのように怒ってくれる。そういう男だった。だから、好きだった。男女問わず、皆から好かれていた。

誰にでも優しい峯井は、呉村には特別優しい。

呉村も、当然峯井が「特別」だった。親兄弟とも違う、ただの友達とも違う。特別な存在だった。

名前を呼ばれるだけで胸が高鳴る相手は、峯井だけだ。

触れるだけで嬉しくて、でも落ち着かなくて、それなのに一緒にいるとほっとして、だけどどきどきする。でも、それが「親友」なのだと呉村は思っていた。

けれど、そんな意識は小さなきっかけで一変する。

「——ねえ、呉村って峯井と仲いいよね。……峯井って、付き合ってる人いるのかな」

部活の帰り、クラスメイトでもあった女子バスケットボール部員にそう訊かれ、そのときに湧き上がった感情は明確に「嫉妬」だった。

さあ、と答えた自分の声は、とてもそっけなかったと思う。その返しに「友達に彼女ができそうだからって怒るなって」と言われたが、それは違う。

峯井がモテることへのそれではない。彼女が峯井に対して恋愛感情を抱いていることにも、「峯井と付き合っている人」というただの想定にも、呉村は嫉妬を覚えたのだ。

そんな気持ちを抱えたまま、いつものように峯井が泊まりに来た。

前述のやりとりを、峯井に伝えることもしていない。

普段どおり、峯井は微かな寝息を立てている。峯井にはなにも変わったところがないのに、呉村はやけに目が冴えて眠れなかった。

身を起こし、峯井の顔を覗き込む。うっすらと月明かりに照らされた親友の綺麗な顔に、引き寄せられるようにキスをした。

唇をこっそり奪って、やっと腑に落ちる。自分は、同性の友人を友達以上に見ているのだと。

峯井は、整った美しい顔をしている。クラスの女子よりも、ずっと可愛い。けれど本人は己の顔の美しさには頓着しておらず、むしろ呉村を「イケメン」と言うくらいだ。

「中性的」というのは峯井のような顔を言うんだろうなと思っていた。決して、女子に見えるわけではない。

明らかに同性である峯井に、自分は劣情と恋愛感情を抱いている。

慌てて布団をかぶり、胸を襲う高揚と緊張に激しく動揺した。

恋をしているという自覚と同時に、親友への裏切りを意識して怖くなる。

このことを知られたら、絶対に嫌われる。自分にとっても初めてのキスは、峯井にとってもきっとそうで、それを寝込みを襲って奪ったと知ったら、卑怯だと咎められるだろう。

峯井は優しいから、否定しないかもしれない。でも、今までみたいに特別優しくはしてくれなくなるかもしれない。

呉村は悩み、とても焦った。

一旦、峯井への恋愛感情を認識してしまったら、以前までのように振る舞っていられるのかもわからなくなった。隠したくても、峯井への「好き」が漏れ出てしまうかもしれない。

そして、一度してしまったら次の衝動を抑えることは困難だった。次こそバレる、もうこんなことはやめにしないと、と思いながら、呉村は眠る峯井にそれから幾度もキスをした。

不安と比例して、峯井への恋心も日に日に呉村の中で肥大していく。

あまり喋ったこともない後輩の女子生徒に告白されたのは、そんなときだ。

付き合ってください、と頭を下げられて、こんなふうに堂々と告白できるなんて羨ましい、という思いしかない。

でももし、自分に恋人ができたと知ったら、峯井はどんな反応をするだろう？

自分に彼女がいたら、同性の親友への恋心は気づかれないかもしれない。

そんな打算が頭を掠《かす》め、呉村は渡りに船で告白を受け入れた。今思い返せば、その子はちょっと峯井に似ていたかもしれない。

峯井が泊まりに来た日に、勉強をしながらついでのように、「そういえばさ、俺、彼女ができたんだよね」と告げた。

ちらりと見ると、峯井は数秒前と同様に問題集を解きながら「へー」と一言口にした。

そして呉村の視線に気づいて手を止めて、にこっと笑ったのだ。

「すごいなー、彼女か。いいなぁ」

のほほんと笑顔でそんな答えが返ってきて、呉村はあまりのショックに固まった。

嫉妬なんて微塵《みじん》もない。後日、他の友人たちに報告したときのような大はしゃぎも大騒ぎもなく、ただ祝福されてしまったのだ。

いいなあ、という言葉もショックだった。羨ましいと思う、ということは、峯井も「彼女」が欲しいということで、つまり呉村には可能性がないと突きつけられた気分だった。

「よかったね。彼女のどこが好き?」

悪気はないであろう峯井の追撃に、呉村はその場に倒れ伏したかった。シャープペンシルを持つ手は、震えていたと思う。

「……どこがって……笑顔が、可愛いところ」

「へー」

峯井が、優しげに目を細める。鳩尾のあたりが、苦しい。その顔が、死ぬほど好きだ。

「とにかく一緒にいるのが、楽しいかな。喋ったり遊んだりすんのもだけど……勉強してたって、楽しい」

「え、すごいね。そういうのってすごくいいよ。なにしてても楽しいのって最高だな」

ああ、と呉村はぎこちなく頷いた。

一緒にいると、触りたくなるんだよな。……ちょっと手繋ぐだけでもいいから」

彼女のことなんて、まだなにも知らない。

呉村は、ただひたすらに峯井の好きなところを挙げていく。

もう、二度と伝えられないかもしれない。口にすらできないかもしれない。そう思うと、溢れ出して止まらなかった。

意識されなくても、彼の耳にほんの少し掠める程度でもいいから、自分の気持ちを触れさせたかったのだ。

記憶に残らなくてもいい。峯井の心に僅かばかりでも爪痕をつけたかった。

「いつもにこにこしていて、人の悪口は絶対言わない。もし言うときがあったら、そういうときは友達とかが誰かに嫌なことされたりとか、そういうときで、まるで自分のことみたく怒ったりとか……そういうところが、すげえ、好き」

「……すっげえのろけるの、やめて。どんな顔して聞いてたらいいんだよそれ」

峯井は頬を染めながら、「初彼女に浮かれやがって」と唇を尖らせる。

その愛らしい口元にキスしてやりたい、というできるはずもない衝動にかられながら、呉村は曖昧に笑った。

ベッドの上でそんな話を聞かされた峯井は、目をぱちぱちと瞬いている。

先程まで抱いていた痩躯《そうく》はしっとりと汗ばんでいて、まだ火照っていた。その感触を心地よく思って触れていると、峯井はベッドのサイドボードの上に置かれたペットボトルの水を飲みながら、柳眉を寄せる。

「……それって、結構最低じゃない？」

反論の余地などなく、呉村は黙って頭を掻く。

「否定はしない。反省はしてる」

「ほんとかよ」

じろっと睨まれて、口を噤む。

明日は峯井が休みなので、呉村は峯井のマンションにやってきていた。二人の休みが重なる日はあまりないので、飲みに行ったり遊びに行ったり泊まったりするのはもっぱら峯井の休日前、というのが定番化している。

いつものように抱き合ったあと、不意に峯井から「いつから俺のことちゃんと好きだったの？」と訊かれて正直に答えた結果、若干微妙な空気になってしまった。

「好きじゃないのに付き合うのは、どうかと思う。その子たちが可哀想だろ」

「おっしゃるとおりです、はい」

もちろんそのことに対する罪悪感もないわけではなかったが、今更言ってもただの言い訳にしかならないだろう。

進路が分かれてからは、峯井の代わりというよりは、峯井を忘れようと思って他の誰かを好きになろうと努力したこともある。けれど、無理だった。歴代の彼女たちには悪いことをしたと思っている。

こくり、と嚥下《えんげ》する峯井の喉が上下する。濡れた唇に不意打ちでキスをすると、峯井はちょっと怒った顔をして真っ赤になった。

――さっき、こんなことよりよっぽどすごいことしてたのに……可愛い。

十数年ごしに叶った初恋に、呉村は幸せを噛みしめる。よっぽどデレッと相好《そうごう》を崩していたのか、咎めるように頬を抓《つね》られた。

そんな仕草すら愛おしくて、呉村は峯井の体を抱き竦める。ほんの少し抵抗しながらも、峯井はすぐに受け入れてくれた。

「でも、年齢も年齢だし……その中の誰かと結婚とか、しようと思わなかったのか」

「いや、ないよ」

幸いというか、年齢的なものもあるのだろうが、今まで付き合ってきた相手に結婚したいと言われたことはない。

けれど、三十を目前に控えて友人や同期が結婚し始めるのを横目に、不安が湧いた。

「……ただ、峯井はどうなんだろう、とは思ってたよ。もしかしたら、もう結婚してるのかなとか」

地元に帰っても、峯井の話はなるべく聞かないようにしていた。

両親から「峯井くんと会ってるの？」と訊かれたときも、「最近会ってない」と答えて話を切り上げるようにしていたのだ。親同士のつながりで消息を聞き、情報が入ってくるのが怖かったのだ。まだ初恋を拗《こじ》らせていて、未練があることを自覚していたから。

「――してないよ、そんなの。……全然」

「うん、結果的にはそうだった。転職して、峯井と再会して、『独身寮から出たばっかり』って聞いてまさかって思ったけど、単に退寮の時期だっただけって聞いてほっとした」

転職したのは、誘われたからというのももちろん大きな理由のひとつなのだが、実はそこに峯井が勤務している、という話を聞いたことがあったのだ。

――まだ同じ病院に勤務しているかどうかはわからなかったけど、もし峯井がいたら、そのときは傍にいられる最後のチャンスかもしれなかったから。

なにせ、その時点で呉村は峯井に避けられていると思っていた。十代の終わり、呉村の気持ちを知ったうえで受け入れられないと拒まれた。そう思っていたのだ。

――友達としてなら、同僚としてだったらまた、受け入れてもらえるかもしれないって、本気で思ってたんだよな……無理だったけど。

互いに大人になったことだし、今度は自分も抑えられる理性がある。そう思って殆ど賭けだった転職をした。

挨拶当日は会えなかったけれど、峯井がまだ在籍していると知って「神様はいる」と喜んだ。

だが、嫌なことを思い出してしまって、呉村は顔を顰める。

「でも……鳥谷野先生がさぁ……」

「鳥谷野先生？」

思わぬ名前が出てきた、とばかりに峯井がきょとんとしている。

なんだその顔可愛いなと思いながら、溜息を吐いた。

「あの人、愉快犯かそうでないかわかんないけど、言い方がひっでえよマジで」

「ああ……うん……」

外科医の中では抜群の愛想の良さで、それなりに評判がいいのだが、なんでもわかっているような雰囲気というか、どうも人を食ったような物言いをする。

「俺が峯井をそういう意味で好きって多分知ってて」

「ああ……うん。俺が呉村を好きってのも多分わかってると思う」

きちんと言葉にして確認したことはないのだが、恐らくそう考えて間違いはない。

「俺が入職してすぐくらいのときに……あの、中庭でサンドイッチもらったののあとくらい」

「ああ、うん。あったねそういうの」

「あのときに、俺が『峯井とすごく仲がいいんですね』って訊いたら」

「……もうその訊き方がなんか変だけど……まあいいや、うん。続けて」

確かに今思えば変な状況だったような気もしてくる。

鳥谷野を呼び止め、「峯井とすごく仲がいいんですね」と問うたのだ。そうしたら、彼の答えは「お婿さん候補だからね」だった。

そんな話を聞いて、峯井が苦笑する。

「あー、莉花ちゃんのことね」

あとあと聞けばそれは彼の一人娘のことだったのだが、当初は「鳥谷野のお婿(嫁)さん」かと思って唖然とした。

――あれで、まず鳥谷野先生と付き合ってるのかと思ったんだよな……。

男同士で、お弁当を「はいあーん」とやるくらいなのだ。誤解するには、呉村には十分だった。男同士だから、と諦めたのはなんだったのかと愕然《がくぜん》とした。

「で、その後も『娘の婚約者』とか『未来のお婿さん』とか『将来息子になる予定』とか言うし。……結婚するのかな、とか思って」

鳥谷野本人か、それともその娘なのかは曖昧なまま、とにかく峯井は鳥谷野のものなのかと思い嫉妬した。

実際はまだ小学生の女の子で、ごく小さな頃に「結婚するのー」と発言し、峯井がそれに軽く応じた、というだけの話だったのだが。

おまけに、そんなふうに言っていたくせに、鳥谷野は「俺の目の黒いうちは結婚なんて許さない！」と言ったりもする。

——そう考えると、やっぱり俺たちのことに気づいて揶揄ってたのかも。

結局あの人なんなんだろうと頭を悩ませていたら、なんとなく察したらしい峯井に改めて「あの人は愉快犯だから」と言われた。

「呉村、もしかしてさ、俺の家で『結婚』とか呟いたのもそれが理由？」

図星なので、唇を引き結ぶ。峯井も呆れたように「マジか」と呟いた。

「だってちょっと広めのマンションだし、食器も複数枚あるし……」

「それは、たまたま空いてた部屋で予算内だっただけだよ。食器が複数枚あるのは、俺が自炊するほうで、寮ぐらしだったから寮住み呼んで飯食ったり鍋したりとかしてたからで」

蓋を開ければ単純な話なのだが、自信もなく不安な状況だと悪いほうへ悪いほうへと想定が転がってしまう。

そして、やけに意味深な言動の鳥谷野に、「娘はカムフラージュでやっぱり本人が峯井狙いなのでは？」という疑いも湧いた。

結局どれもこれも勘違いだったので、今思い返すととても恥ずかしい。

峯井がやれやれと息を吐く。

「俺は逆に、呉村に『結婚するんだ』って言い出されるのかなって思って、焦ってたよ」

眉尻を下げて笑む。

「……一応親友ポジション復活したあとだったし、祝ってやらないとも思ったけど」

そうなってたら、きっと辛かった。

消え入りそうなくらい小さな声で呟く峯井を、たまらなくなって抱きしめ、キスをした。恥ずかしそうに震えながら、峯井の腕が背中に回される。

縋るような腕に、峯井が本当に自分を好きでいてくれるのだとわかって愛しさがこみ上げてきた。

「つん……、ん」

唇を開かせて、キスを深めた。おずおずと差し出された舌を甘噛みし、舐めていると、一度は落ち着いた欲望が再燃するのがわかる。

まだしっとりとしている峯井の鼠径部《そけい》に触れると、「駄目」と体を押し返された。

「ええ……、もう一回くらい」

「駄目。明日も仕事だろ」

「休みだろ、峯井」

「呉村は仕事だから、駄目。十二時超えたらもうしないって言った」

それくらい平気なのにと思うが、怒らせるのも本意ではないので渋々手を引っ込める。寝るよ、と言って、呉村の返事も聞かずに峯井は部屋の照明を落とした。

「あ、そうだ。父さんと母さんが、次の長期休暇にでも峯井とうちに寄っていってってさ」

「ご両親、元気？」

「相変わらず元気すぎるくらい元気だな。二人共現役だし」

母は市内の総合病院で看護師長になり、父は大学病院で副師長を務めている。忙しいのは相変わらずだが、夜勤がなくなったので毎日二人で夕食をとっているらしい。それが新鮮で楽しいのだと、前回里帰りした際に笑っていた。

「そっか。上になると夜勤ないもんな。休みも合わせやすそう」

「そうだな、当直はあるけど……俺らがそうなれるまであと何十年だろ」

長くて数える気にもならない。

そう言ったら、胸元に峯井が顔を埋めてきた。

「なに、どうした」

「……なんでもない」

眠いのかな、無理させたかな、と思いながら、甘える仕草が可愛くてぽんぽんと頭を撫でる。

「そういえばさっき訊きそびれたけど……峯井は、なかったの。そういうの」

「そういうのって？」

「……結構あったろ、女子が多い職場だし。結婚しようとかさ」

こんなタイミングで訊くこともないかなと、思いつつ訊ねる。

「俺は……」

迷うように言葉が途切れる。

ほんの少しの間のあと、峯井は「呉村以外、好きになったことないから」と消え入りそうな声で答えた。

あとがき

はじめまして、こんにちは。栗城偲《くりきしのぶ》と申します。初めてのカクテルキス文庫です。楽しんで頂けましたら幸いです。

この『嘘の欠片』は、だいぶ昔に他社の雑誌に掲載されたものを加筆修正したものです。今回お声がけ頂いたときに、この話ならすぐ提供できるかも、と思ってご提案したものの、もはや原案というレベルまで改稿してしまいました。キャラの名前は掲載時のままなのですが、呉村と峯井、呉井と峯村に間違える問題（私だけの問題）勃発。最終稿で一括変換したので間違いはないのですが、うっかりすると間違えていました。

このお話は看護師さん同士の話なのですが、もしかしたら読者さんにも沢山いらっしゃるかと思うので、ちょっとドキドキしています。現役看護師の母や知人にうかがいつつ書きましたが、その結果細かいルールは病院や科によってだいぶ違うことが判明したので、「ん？」と思っても「そういう病院もあるんだろうな」と見逃して頂ければ幸いです……。

たとえばユニフォーム（白衣）。「看護師はケーシーなんて絶対着ない。ケーシーを着るとしたら医者しか着ない。ケーシー着てる看護師なんて見たことないよ」と言い切った人と「うちの男性看護師はケーシー着てる人いるよ。でも検査技師も着てるし診療放射線技師も着てるかな」という人がいました。私の従兄もケーシーを着ていました。病院によって違うみたいです。この本ではキャラクターにケーシーを着せてもらいました。完全に好みです（私の）。
病院といえば私は子供の頃から「血管見えづらい」と言われる腕なのですが、注射大得意の母は「ええ？　どこが。楽勝だよ」と笑います。母曰く楽勝の腕ですが、先日計六回刺されたあとついに「別にしなくてもいい検査なので、採血はやめます。帰っていいですよ」と看護師さんに匙《さじ》を投げられてしまいました。このときの看護師さんたちに「血管ないですね」と言われました。あります、血管……探して……。ただ別に注射も血も全く苦手ではないので「何回刺してもいいですよ」と言うのですが、それはそれでプレッシャーだそうです。ままならぬ。

イラストは一夜人見《ひとよひとみ》先生に描いて頂きました。ありがとうございます！　美人で色気のある峯井、清潔そうな男前の呉村、そしてとてもかっこいい鳥谷野をありがとうございます。ウインクの鳥谷野がとても素敵でたまりませんでした。お忙しいところありがとうございました！

今は日本だけでなく世界中で大変なときですが、頑張りましょう。皆様、どうぞお身体おいといくださいね。
室内での娯楽のひとつにでもして頂ければ、本当に嬉しいです。ではまた、どこかでお会いできれば幸いです。

Cocktail Kiss Label

カクテルキス文庫をお買い上げいただきありがとうございます。
先生方へのファンレター、ご感想は
カクテルキス文庫編集部へお送りください。

〒102-0073　東京都千代田区九段北1-5-9-3F
株式会社Jパブリッシング　カクテルキス文庫編集部
「栗城　偲先生」係 ／「一夜人見先生」係

◆カクテルキス文庫HP◆ http://www.j-publishing.co.jp/cocktailkiss/

嘘の欠片

2020年5月30日　初版発行

著　者　栗城　偲
©Shinobu Kuriki

発行人　神永泰宏

発行所　株式会社Jパブリッシング
〒102-0073　東京都千代田区九段北1-5-9-3F
TEL　03-4332-5141
FAX　03-4332-5318

印刷所　中央精版印刷株式会社

初出　嘘の欠片………小説リンクス（2011年12月号）改稿

ISBN978-4-86669-291-3　Printed in JAPAN